W. SIUDMAK

En achetant ce livre,
vous avez gagné
le droit de participer au
grand concours
permanent
de Pocket S.-F.

Envoyez-nous votre réponse !
Détachez l'encart à la fin du livre
(avant-dernière couverture)
et postez-le !

Alors… alors…
Joie ! pleurs de joie !
Les 100 premières personnes
ayant envoyé une réponse juste
(le cachet de la poste faisant foi)
recevront un livre.

PRESSES POCKET

SUR LES BERGES DU TEMPS

SCIENCE-FICTION

Collection dirigée par Jacques Goimard

DEUXIÈME RECUEIL DES CHANSONS POUR J. R. R. TOLKIEN

SUR LES BERGES DU TEMPS

PRESSES POCKET

Titre original:

After the King Stories
in honor of J.R.R. Tolkien
L'édition française de cette anthologie
sera complète en trois volumes

ISBN 2-266-05210-1

LA MAISON DES LUTINS

Par Dennis L. McKiernan

On a envoyé Tynvyr en avant-garde, chevauchant sur son renard, pendant qu'on se faufilait à travers la ruelle glissante et glauque.

— Aïe, Fiz ! a soufflé quelqu'un, Marley je crois. Garde tes sales ailes pour toi ! Tu as failli m'arracher l'œil.

— Écoute, Gnome, a répliqué Fiz, dont la voix argentée était devenue d'acier, garde ton œil glommeux loin de mes ailes.

Formidable, vraiment formidable... On se trouvait au beau milieu de la nuit en pleine mission de sauvetage, et déjà un Gnome et une Pixie se chantaient pouilles.

Il faut dire que notre humeur n'était pas améliorée par la puanteur d'égouts et de pourriture qui flottait dans l'air, agressant nos narines, provoquant presque des haut-le-cœur. De plus, on avait l'impression d'avoir toujours un filet d'eau souillée sous les pieds, on glissait, on dérapait dans la boue, la fange, et on réalisait des sursauts incohérents pour éviter de tomber.

— Bork, m'a soufflé la voix de Fiz, si tu pouvais m'expliquer à nouveau pour quelle raison idiote il faut que je me traîne dans cette bouillasse au lieu de voler...

Avant que j'aie pu répondre, Rafferty avait pris la parole.

— Garde foi, femme, car ne fut-il point dit antan que ce diable-ci lui-même possède des créatures ailées? Chauves-souris et consorts, dit-on. Qui volent partout dans la ténèbre. Assurément, n'adoreraient-elles point goûter à quelques bouchées de ta délicieuse personne ?

Si les sources de Rafferty étaient exactes, Khassan possédait bel et bien des patrouilles de créatures de la nuit. Il faudrait qu'on s'en méfie, surtout s'il s'agissait de hiboux.

De gros hiboux.

Suffisamment gros pour emporter l'un de nous entre ses serres.

Et si les hiboux ou les chauves-souris ne nous attrapaient pas, pour sûr les rats des rues finiraient par nous entraîner au fond d'un trou noir.

— Ououf ! a grogné Marley en marchant dans un caniveau rempli d'eau malodorante. Je n'y vois goutte.

Faut dire que c'était un simple Gnome et que sa Clairvoyance féerique était la pire de tout le Petit Peuple. Bien sûr, la mienne n'a rien de bien terrible, à la différence de Tynvyr ou Fiz.

Oh ! si seulement la couverture nuageuse qui maculait le ciel avait bien voulu s'envoler, pour que quelques étoiles se mettent à briller, ou mieux encore si la Lune s'était levée, toute pleine, et que les nuages disparaissent, eh bien aucun d'entre nous n'aurait eu le moindre ennui.

Mais voilà, la nuit était ténébreuse, nuageuse, et on était dans une ruelle noire comme un four... une Pixie, un Gnome, un Leprechaun et un Brownie... alors que devant nous une Pysk chevauchait un renard... on se glissait parmi les bâtisses déglinguées qui se dressaient tout autour de nous dans les ténèbres d'ébène, essayant d'éviter les hiboux, les chauves-souris et les rats, le moindre desquels nous aurait probablement réduits en charpie.

Ce que je veux dire, c'est que quand on mesure trente ou soixante centimètres, ces créatures sont de terribles ennemis.

La ruelle puante, la nuit puante semblaient remplies de leurs puantes menaces. De plus, on ne voyait pas trop clair, on ne savait pas trop où on allait ni ce qu'on ferait quand on y serait arrivés, ni même si on était bien sur la bonne piste.

Enfern ! j'ignorais même qui on allait secourir !

Parlez-moi de plans lumineux... enfin, ce que je veux dire, c'est : qu'est-ce qui pouvait encore tourner mal ?

C'est alors qu'on a entendu le *Miâaou !* d'un chat de gouttière qui chassait de quoi manger.

Dehait !

Tout ça a commencé il y a à peu près une journée quand, après avoir passé un bon mois à carreler des souliers, j'ai décidé de prendre des vacances tant que j'en avais l'occasion. Vous voyez, la Maison des Lutins avait fait son apparition dans le vallon une semaine auparavant et je savais qu'elle n'y resterait pas longtemps. Et comme j'avais entendu dire que c'était le meilleur mode de transport pour voir des endroits merveilleux et inconnus, j'avais pensé y prendre une chambre avant que toute l'auberge s'éclipse.

Ainsi, le jour venu, au moment où les hiboux sont couchés, je me suis rendu dans le vallon, là où rien n'existait une semaine auparavant et où se dressait à présent la Maison des Lutins.

De quelle manière arrive cette auberge, nul ne sait de ceux à qui j'en ai parlé. Rudd et Meech, deux Bwca des granges... des sortes de cousins à moi, quoi... prétendent qu'elle se matérialise comme ça, brutalement... mais il faut dire qu'ils avaient un peu bu quand ils ont affirmé avoir assisté à son apparition, et qui peut croire ce qu'ont vu des yeux de Bwca pris de boisson ?

D'autres racontent qu'elle pousse hors du sol... et après tout son toit est bel et bien en mottes de gazon.

En tout cas, elle semble arriver de nulle part pendant la nuit et, si cela est vrai, alors les autres histoires qu'on raconte à son sujet sont aussi probablement vraies, et une de ces nuits elle allait sans doute s'évaporer !

C'est du moins ce sur quoi je comptais.

Si les histoires étaient vraies.

Mais qu'elle se soit ou non matérialisée à l'heure des sorciers, il n'en reste pas moins qu'elle était là où il n'y avait rien eu auparavant, dans le vallon.

J'ai jeté un long regard appuyé. Certains diraient que la bâtisse était pittoresque, pastorale, et qu'elle ne s'accordait pas avec son environnement. D'après la situation de fenêtres aux formes bizarres, j'ai jugé qu'elle avait près de deux étages de haut et que son toit en gazon à pente réduite devait se situer à quatre ou cinq mètres au-dessus du sol. Ce qui faisait que les pièces intérieures devaient être hautes d'environ un mètre cinquante. Ceci était nettement suffisant pour moi, puisque je mesure quarante-cinq centimètres. Il est vrai que l'auberge devait être capable d'accueillir des Lutins, mais l'on m'avait indiqué que tous les membres du Petit Peuple étaient les bienvenus.

En m'approchant du petit porche couvert par une marquise, j'ai remarqué que, si les fenêtres qui ornaient les murs en stuc blanc paraissaient normales, la lumière qui se reflétait sur les vitres semblait étrange, légèrement scintillante. Quand je me suis avancé jusqu'aux fenêtres près de la porte pour essayer de regarder à l'intérieur, j'ai distingué une image bizarrement déformée, comme si les vitres étaient totalement recouvertes de crasse, alors qu'elles étaient propres au toucher.

On entrait par une robuste porte en chêne d'un mètre vingt de haut, cerclée d'acier, avec des loquets et des poignées à des hauteurs variables, comme pour s'accommoder aux différentes tailles de membres du Petit Peuple. Au centre du panneau était fixée une pancarte qui proclamait :

La Maison des Lutins

Bienvenue

à tous les Lutins

et membres du Petit Peuple

Dandon DUVET-DE-CHARDON, propriétaire

C'était bien ça.

J'ai saisi l'une des poignées, j'ai soulevé le loquet et j'ai poussé en m'attendant à une résistance : mais la porte a oscillé sans secousses et j'ai pénétré dans l'auberge.

Comme tous les endroits de ce type, elle était plus spacieuse à l'intérieur qu'à l'extérieur.

Mais, avant que j'aie pu inspecter grand-chose, voilà qu'est arrivé un type aux oreilles pointues, un grand Lutin aux yeux elfins en amande pareils à des pierres précieuses. Hé ! c'est qu'il faisait plus de deux fois ma taille, avec son petit mètre de haut... un vrai échalas, quoi !

Il m'a lorgné du haut de sa grandeur.

— Bienvenue à la Maison des Lutins. Je m'appelle Dandon Duvet-de-Chardon et j'en suis le propriétaire. Désirez-vous une chambre ?

— Euh...

J'ai examiné les lieux et j'ai remarqué que ces grands flandrins étaient nombreux. Mais, çà et là, on apercevait aussi des gens de ma taille, voire plus petits.

— Oui, Votre Hauteur, une chambre, s'il vous plaît. Enfin... à moins que vous n'ayez des hiboux chez vous, dans lequel cas je me verrai obligé de repartir.

— Non, non. (Il a cligné ses yeux scintillants.) Pas de hiboux. Ni de chats, de rats, de chiens, de chauves-souris, d'éperviers, de belettes, de cobras, de mangoustes ou de mangousses et autres créatures de ce genre.

« La dernière fois que nous avons eu quelque chose de *dangereux* sur les lieux, nous étions à l'île d'Émeraude et un *idiot* a fait tomber sur nous un énorme essaim de serpents. L'auberge en a été remplie et on peut attribuer cela à Rafferty, qui s'était enfui devant eux et qui a oublié de refermer la porte. Nous avons dû aller en Islande les endormir par le froid, puis dans un désert tout à l'ouest, où nous les avons rapidement fichus dehors à la pelle parmi les champs de cactus candélabres, avant qu'ils n'aient le temps de se réveiller et de se remettre à se tortiller et à jouer les crécelles.

Corbleu ! J'avais eu simplement peur des hiboux, et

maintenant voilà que mon ami l'Asperge me parlait de chats, de rats, de chiens, de chauves-souris, d'éperviers, de belettes, de cobras, de mangoustes et de mangousses (je ne sais pas de quoi il s'agit, mais je peux fort bien le deviner), et aussi de serpents qui se tortillent et font des bruits de crécelles. A présent, j'avais la possibilité de m'inquiéter de tout un panthéon de créatures capables de m'attraper dans les ténèbres. J'ai jeté un regard prudent sur le plancher et sous les meubles.

— Il ne reste plus aucune de ces saletés, naturellement ?

Il m'a encore adressé un de ses clignements d'yeux scintillants et j'ai eu l'impression qu'il croisait les doigts derrière son dos.

— Oh, oui. Toutes parties. Je le jure.

Disons qu'il subsistait encore un doute minuscule dans mon esprit, mais j'avais *vraiment* besoin de vacances.

— Eh bien, donc, Votre Altitude, donnez-moi une chambre et de quoi manger, et de la bière... oui, un bon pichet d'ale.

— Si vous voulez bien vous asseoir, a-t-il fait en agitant la main dans la direction des autres clients rassemblés autour de l'une des cheminées de la salle commune. Je m'en occupe sur-le-champ.

Il s'est retourné et, au moment où il s'éloignait, j'ai entendu un léger crépitement, comme des graines sèches qu'on secoue dans une petite gourde. Le Propriétaire Dandon a fait un bond pour s'écarter du placard à côté duquel il passait et il a accéléré le pas.

Je me suis approché des autres clients en regardant autour de moi. Afin que le soleil éclaire l'intérieur, les rideaux avaient été tirés devant les fenêtres brouillées, mais je voyais bien que, la nuit, c'était la lumière chaude et ambrée des lampes et des chandelles qui illuminait la salle, ainsi d'ailleurs que l'éclat roussâtre d'un feu crépitant, si le temps l'exigeait. Le plafond devait s'élever à un mètre vingt. Le mobilier, trop grand selon mes critères, était plutôt adapté aux Lutins.

Derrière moi se trouvait ce que j'appellerai la cheminée est, devant laquelle était dressée une table longue spacieuse, et une autre table, plus petite, avait été mise au centre de la salle ; occupées par une foule joviale, elles donnaient sans nul doute à ce lieu l'atmosphère conviviale d'un pub bruyant et joyeux.

Devant la cheminée ouest, vers laquelle je me dirigeais, était placé un sofa flanqué de plusieurs espèces de fauteuils. Dans tout le reste de la salle commune, d'autres tables et fauteuils étaient installés, tandis que, contre le mur « nord », un bar séduisant devait vous servir ce que j'espérais être une excellente bière. Dans le coin sud-est, un escalier en colimaçon montait au premier, où je présumais que devaient être situées les chambres d'hôtes.

Je me suis avancé parmi les autres clients : une Pixie, une Pysk, un Gnome et un Leprechaun ; ceux-ci, j'étais capable de les reconnaître. Mais il y avait aussi un Lutin d'un genre différent de celui du Propriétaire Dandon. Il était de belle corpulence et, d'après ce que j'en pouvais juger vu qu'il était assis, il ne devait pas mesurer loin d'un mètre vingt. A la différence de Dandon, celui-ci ne possédait pas d'oreilles d'Elfe ni d'yeux en forme de joyaux, mais il avait des pieds poilus d'une taille gigantesque ! Et nus ! Posés devant lui sur un tabouret. Seigneur, quels panards ! Corbleu ! Ce devaient être les plus beaux pinceaux sur lesquels s'étaient posés mes yeux. Et je m'y connais, en pieds ! Je suis cordonnier, après tout. Mordieu ! si j'avais dû lui fabriquer une paire de godillots, il m'aurait fallu toute une vache pour y arriver !

— Je m'appelle Fiz, a fait une voix tout à côté de moi.

J'ai arraché mon regard à ces pieds énormes et j'ai vu la Pixie qui me parlait. C'était une petite créature d'une trentaine de centimètres, dont les cheveux couleur paille atteignaient à peine ma cage thoracique, bien que l'extrémité supérieure de ses ailes ait légèrement dépassé ma tête.

— Salut, Fiz ; heureux de faire ta connaissance. Je m'appelle Bork et je suis cordonnier de métier.

— Oh, moi, je suis esprit domestique et je diffuse la joie parmi les enfants de la famille dont j'ai la charge.

(Son sourire a illuminé toute la salle.) Pour l'instant, je suis entre deux générations d'enfants : les derniers ont grandi, mais ils ne vont pas tarder à avoir eux aussi des bébés. Je rejoindrai alors ma famille.

Qu'elle était mignonne, cette Pixie ! J'ai senti que je la regardais fixement, et elle l'a senti aussi, parce qu'elle a rougi.

J'ai détaché mes yeux de son sourire radieux et je me suis tourné vers le Gnome.

— Mon nom est Bork. Mon travail, c'est les chaussures.

Il avait cinq centimètres de moins que moi, ce qui devait lui faire dans les quarante centimètres, il portait un chapeau pointu, il avait une peau pâle, et sa barbe noire lui descendait jusqu'à la ceinture. L'air écœuré, il a considéré ma main tendue comme s'il s'agissait d'un objet immonde.

— Est-ce là l'une des mains qui manient des chaussures crasseuses ? Des chaussures crasseuses qui vont à des pieds puants ? Des pieds de toutes sortes, quelle que soit la maladie qui ravage leurs corps ? Et tu veux que *moi*, j'entre en contact avec elle, que je la saisisse, que je la serre ? Pouah !

— Ohé ! ai-je protesté. Je te ferai savoir que...

— Dis donc, m'a-t-il coupé, tu ne serais pas un de ces fétichistes des pieds, n'est-ce pas ?

Comme je suis resté bouche bée, Fiz a paru stupéfaite et a reculé, s'agenouillant sur un gros coussin en cachant ses pieds sous elle.

— Ah, mon garçon, a dit le Leprechaun, ne lui prête nulle attention. Les vacances pour lui sont une nécessité. Il a la tête toute tourneboulée en raison des coups de marteau qu'il assène toute la journée. Aussi sûr que son nom est Marley et que je suis Rafferty pour ceux qui me connaissent, moi qui tiens compagnie à ce vieux Marley durant le voyage.

Le cheveu noir, Rafferty avait peut-être trois centimètres de plus que moi et il portait des vêtements de toutes sortes de tons verts, de la même manière que je le fais pour le marron. Il avait de grosses boucles en argent sur ses chaussures noires vernies, ainsi qu'une boucle de ceinture en argent aussi. Je lui ai serré la main, et elle était ferme ; j'ai cru déceler une étincelle joyeuse dans ses grands yeux extrêmement noirs, mais cela était difficile, vu la noirceur de son regard, en fait.

J'ai aperçu le Propriétaire Dandon qui s'approchait avec mon plateau de nourriture et mon pichet de bière.

C'est à cet instant que la Pysk s'est avancée et, hormis le fait qu'elle ne possédait pas d'ailes, elle aurait pu être la sœur de Fiz.

— Je m'appelle Tynvyr, des contrées lointaines de l'Ouest, et voici Roussot.

Elle s'est retournée et a crié :

— *Roussot !*

De derrière le sofa où était assis le Patagon est sorti un...

— *Yaaa... !* ai-je hurlé en bondissant en arrière et en écrasant du même coup le Propriétaire Dandon, le plateau dispersant aux quatre coins cardinaux plats, couverts, ragoût, pain et bière qui se sont fait un malin plaisir de se fracasser chacun avec un bruit bien particulier et de rebondir autant que faire se pouvait.

— Sauvez-moi, ai-je braillé en me précipitant sur Dandon et en le fixant droit dans les yeux.

Dans le lointain, il m'a semblé entendre le Gnome qui criait, lui aussi, quelque chose en rapport avec un tas de nourriture répugnante porteuse de maladies sous lequel il venait d'être enseveli.

Dandon m'a agrippé par le plastron de la tunique et m'a attiré sur son visage ravagé par un rictus.

— Vous sauver de *quoi* ?

— De ce chien, espèce d'idiot ! j'ai crié. Nous avez dit qu'il n'y avait pas de chiens, ici, mais en voici un qui m'attaque ! Il m'arrache la gorge, il me tranche la jugulaire !

Sans lâcher ma tunique, Dandon s'est remis sur pieds et m'a relevé avec lui.

— Regardez !

J'ai regardé.

Bon, d'accord, peut-être que ce n'était pas un chien.

Peut-être que c'était plutôt un renard roux. Et puis, même s'il ne me menaçait pas, s'il ne m'attaquait pas ? Et puis, s'il se contentait de rester assis, en attente, la langue pendant de sa gueule grimaçante ? Ça n'empêchait pas qu'il *pouvait* m'arracher la gorge, me trancher la jugulaire. Et il paraissait bel et bien se lécher les babines en me fixant.

J'ai regardé Tynvyr, et elle aussi essayait de sourire, debout à côté du renard assis, la main tendue pour lui tenir fermement le collier.

— Apprivoisé ? ai-je demandé.

Elle a branlé du chef avec le même sourire hésitant, mais sans lâcher sa prise.

— Sans danger ?

Elle a hoché solennellement la tête en tirant un peu sur le collier comme le renard semblait vouloir s'avancer.

— Roussot ?

Son sourire timide est revenu et elle a encore secoué la tête, tandis que Roussot salivait et se léchait les babines. Elle a tendu le bras et lui a donné une tape sur le nez ; un peu dépité, il lui a adressé un regard de côté, mais il a semblé se calmer. Du moins a-t-il cessé de saliver.

Quelque peu rassuré, j'ai levé les yeux sur le petit mètre de Dandon.

— Auriez-vous l'amabilité de bien vouloir me relâcher, ô Votre Hauteur.

— Écoutez, messire...

Dandon a marqué un temps d'arrêt en baissant les yeux sur moi.

— Bork, lui ai-je annoncé.

— ... messire Bork, donc, a-t-il continué suavement, j'estime que vous allez devoir me rembourser... (Il a agité vaguement la main dans toutes les directions.) ...le repas, la vaisselle brisée et la bière renversée. Après tout, c'est vous qui vous êtes rué sur moi.

— Vous auriez dû m'avertir, au sujet du chien, ai-je répondu avec hauteur.

— C'est un renard.

— Un renard ou un chien, vous auriez dû m'avertir.

— Messire Bork, je vous ai déclaré que nous n'avions rien de dangereux dans cette auberge... (Il a subrepticement jeté un regard en direction du placard du hall, celui où l'on entendait de drôles de bruits.)... et j'ai spécifié que nous n'hébergieons ni hiboux, ni chats, ni rats, ni chiens, ni chauves-souris, ni éperviers, ni belettes, ni cobras, ni mangoustes.

— Et qu'en est-il des serpents à sonnette ?

J'ignorais ce que pouvait être un serpent doté d'une sonnette, mais...

— Non, ils sont tous partis. Je vous l'affirme, messire. Et nous n'avons pas davantage de souris.

Il a marqué un temps d'arrêt, puis il a ajouté :

— Voilà ce que je vous propose : vous payez une moitié et moi l'autre, et nous serons quittes.

J'ai réfléchi à son offre en surveillant le renard. Le renard s'est léché les babines, puis il a souri. J'ai bronché.

— Vous voyez, a insisté Dandon en constatant ma réaction devant Roussot.

— Très bien, très bien, Votre Grandeur. Vous avez marqué un point.

Dandon a souri et s'est hâté de trouver un balai, une serpillière et un seau, ainsi qu'un nouveau repas pour votre serviteur.

— Qu'est-il donc ? ai-je demandé à Rafferty tandis que je suivais Dandon du regard. Les oreilles pointues, les yeux en amande et comme des joyaux, la taille d'un Lutin. Je dirais qu'il s'agit d'un Elfe, si ce n'était de ses yeux et de sa taille.

— Adonc, mon garçon, a dit Rafferty tout en fixant Marley qui frottait frénétiquement le dos de sa main où avait atterri une unique gouttelette de ragoût. Dandon est ce que l'on pourrait dénommer un Warrow, ou tel. Qui a du bon sens jamais un Warrow ne brave, à ce que l'on dit. En particulier quand l'ire en lui monte.

Derrière moi s'est élevé un commentaire :

— Ils sont bien plus enclins à la violence que ceux de mon peuple.

Je me suis retourné. C'était le Patagon qui venait de parler.

— Nous habitons de petits hameaux, a-t-il ajouté, un peu comme eux, mais nous préférons manger, dormir et cultiver nos jardins, alors qu'ils chassent, élèvent du bétail, tirent à l'arc et se montrent quelquefois belliqueux. On pourrait dire qu'ils sont féroces, et très *actifs*. Ils ressemblent effectivement aux Elfes, mais ils ne vivent que cent vingt ans, à l'inverse des Elfes, qui sont éternels, s'il faut en croire les contes. De cela je ne suis pas certain, malgré tous les voyages que j'ai entrepris, toutes les quêtes et les grandes aventures dans lesquelles je me suis lancé, à travers toutes les contrées et par tous les océans, les villes, les bourgs, les bois, les labyrinthes des cavernes, des palais et des...

Et il a continué de la sorte d'une voix monocorde, sans jamais s'arrêter. Mon repas est arrivé, a disparu, et il parlait toujours, à sa manière lente, digressive, tortueuse... oui, tortueuse tandis qu'il prenait des notes dans un journal où il transcrivait, je crois, ce qu'il racontait au fur et à mesure. Ronron, ronron, ronron. Note, note, note. Ronron, note, ronron. Jamais je ne suis parvenu à connaître son nom. Patagon suffira donc, puisque c'est une ancienne appellation qui désigne ceux qui ont de gros pieds.

Il n'a même pas remarqué que je me levais. Il continuait sa litanie et sa rédaction sans rompre le rythme.

Peut-être qu'au lieu de me servir de cette peau de vache pour lui faire des chaussures, j'aurais pu l'utiliser pour lui fabriquer un bâillon de belle taille.

Il faudrait que j'aille voir le lendemain s'il parlait toujours, car j'étais sûr qu'il ne se serait pas arrêté.

Tandis qu'un autre grand Warrow de sexe féminin (je crois qu'on les appelle Damman) m'accompagnait jusqu'à ma chambre au premier, j'ai aperçu Dandon, à quatre pattes sur le plancher avec un bâton en fourchette et un sac en jute, occupé à farfouiller prudemment sous le placard d'où était sorti le bruit de crécelle.

Le lendemain matin, quand je suis descendu au rez-de-chaussée, l'auberge était... comment dire?... l'auberge était *ailleurs.*

Où?... moi, je l'ignore, mais quelqu'un a prétendu qu'on était près d'un Comté.

Mais le Patagon avait filé, il avait traversé la campagne deux heures avant, pour rentrer chez lui, selon Tynvyr, et à présent un terrifiant cavalier noir arrivait sur la route et Dandon en était gravement alarmé, aussi sommes-nous partis de là comme si Helequin était à nos trousses.

Dandon a claqué la porte au visage de l'individu, il s'est tordu la main gauche et les fenêtres sont devenues pleines de scintillements, de paillettes et tout s'est assombri à l'intérieur, même s'il faisait jour à l'extérieur la dernière fois que j'ai regardé.

Les Dammen (plusieurs Warrows de sexe féminin) ont allumé lanternes et chandelles. Comme je voulais regarder dehors, je me suis approché des fenêtres et j'ai mis les mains de chaque côté des yeux pour éviter tout reflet.

J'ai failli devenir bigle.

Derrière la vitre, d'étranges formes cyclopéennes se tortillaient ignominieusement dans ce que je savais être un vide cruel, éthéré et glacé, et la luminescence froide et phosphorescente qui régnait derrière elles était cosmique et singulière, mixture hideuse et inconnue de couleur, une couleur issue de...

J'ai arraché à la vitre mes yeux affectés de strabisme et, tout étourdi, j'ai réalisé une volte-face avant de tituber jusqu'à la table la plus proche, m'affalant à côté de Marley le Gnome, qui était alors occupé à se plaindre des serviettes neuves blanches toutes crasseuses qui avaient été placées dans la chambre qu'il partageait avec Rafferty, cependant qu'il lorgnait le Leprechaun à l'instar d'un pou d'oubliette.

En outre, Marley paraissait obsédé par la destination de l'eau des toilettes ainsi que son origine, qu'il prétendait n'être qu'un seul et même lieu.

Hé, voilà d'excellentes questions, ai-je songé tandis que je surveillais Roussot, qui me surveillait aussi en se léchant les babines et en vérifiant si Tynvyr le regardait (ce qu'elle faisait). *D'où vient donc cette eau et où les toilettes sont-elles vidées ?* L'auberge ne peut pas posséder de fosse septique ni de tout-à-l'égout, vu que la bâtisse vole d'un coin perdu à l'autre.

Rafferty m'a fourni la réponse.

— Marley, mon ami, sais-tu une chose ? Il est des pompes à main magiques qui tirent leur eau des frais torrents des montagnes de la lointaine contrée de l'ouest. Or, viendra un jour où celui qui s'installera à proximité brassera avec ces eaux la plus merveilleuse des bières, ne cessé-je de me répéter, corbleu !

« Quant aux ouatères, ils se vident aussi par magie, déversant leur chargement dans les marigots de la côte orientale de cette même contrée de l'ouest.

« Adonc, mon garçon, la Maison des Lutins elle-même n'est qu'un artefact d'une puissante magie, capable de voyager çà et là et même entre les "dimensions", c'est du moins ce que l'on m'a dit, quoi que représente une "dimension", car j'ignore tout de la signification de ce terme. Mais nous savons assurément que la Maison des Lutins va en tous sens, d'un lieu à l'autre. Comment se contrôle cette Maison, quel appareil ou quel système est utilisé pour ce faire… eh bien, j'aurais des soupçons mais ne puis les communiquer.

Oh, la magie… des pompes magiques, des toilettes magiques, dans cette formidable auberge voyageuse magique… j'aurais dû le savoir. Mes yeux ont enfin cessé de loucher et j'ai jeté un coup d'œil à Fiz, qui m'a renvoyé mon regard en serrant ses pieds dans sa couverture.

Avec un soudain bruit sourd, la lumière scintillante des fenêtres a faibli et le jour, faible et chiche, a pénétré de nouveau par les vitres brouillées.

— Où sommes-nous ? a demandé l'une des Dammen, la plus âgée, la compagne de Dandon, je crois. Une véritable Amazone qui plafonnait à quatre-vingt-dix centimètres.

— Je l'ignore, Molly, a répondu Dandon. Je n'ai pas eu le temps de choisir une destination.

Molly a fondu en larmes.

— C'est tout comme le jour où tu as perdu Tip et Perry. Et qui sait où ils peuvent se trouver ?

Dandon a baissé la tête.

— C'est que je n'ai guère eu le choix. Ce cavalier noir...

— Un cavalier noir, cette fois-ci, s'est lamentée Molly. Un Dragon Noir l'autre fois. Et auparavant, c'était...

— Allons, allons, l'a interrompue Dandon, ses yeux nous surveillant nerveusement. Il est inutile de bouleverser nos hôtes.

— La peste soit de nos hôtes ! a craché Molly, et Marley a reculé, horrifié, s'examinant les mains, se palpant le visage tandis qu'elle continuait : Dandon Duvet-de-Chardon, tout ce que je sais, c'est que la dernière fois que nous nous sommes enfuis, à cause du Dragon, et que nous avons atterri quelque part pour éteindre notre toit en feu et repeindre notre porche carbonisé, Tip et Perry ont fait le mur et nous ne les avons jamais revus.

Elle a de nouveau fondu en larmes.

— Là, là, Molly, nous les retrouverons un jour. Un jour, quand je me rappellerai comment j'ai tourné le...

Il a baissé les yeux sur la bague qu'il portait.

A côté de moi, Tynvyr a tapé sur le nez de Roussot.

— Non ! a-t-elle lancé sèchement.

Le renard a cessé de me fixer avec son large sourire pleins de crocs pointus et, dépité, il s'est couché.

— Tynvyr, ai-je chuchoté, *qui sont Tip et Perry,* et est-ce qu'ils ont vraiment fabriqué un mur ?

Tynvyr a eu un sourire et elle a secoué la tête.

— *Non,* m'a-t-elle répondu en chuchotant également, Tip est leur fils, et Perry est son cousin.

La grande Molly s'est redressée de tous ses quatre-vingt-dix centimètres, ayant enfin réussi à retenir ses larmes.

— Eh bien, Dandon, tu dis ignorer où nous nous trouvons précisément, mais tu peux envoyer quelqu'un en exploration.

— Voyons, Molly, il ne faut pas que je quitte

l'auberge. (Dandon a jeté un regard significatif sur sa bague et Molly a hoché la tête.) Et aucune des Dammen ne devrait sortir. Ce que je veux dire, c'est que si on considère ce qui est arrivé, avec le cavalier noir et tout. Ce qui fait qu'il ne reste plus que...

Dandon a coulé un regard appuyé à Fiz, Marley, Tynvyr et Roussot, Rafferty et moi.

Rafferty a poussé un soupir.

— Fort bien, Dandon, mon garçon, nous irons. Mais n'oubliez point ce qu'il advint en l'ancienne Eire, avec ces serpents à sonnette et le reste. Si je reviens au pas de course, quelqu'un devra refermer la porte derrière moi aussi vite qu'un chat, de peur que tous le maux ne surviennent.

Autant que je puisse en juger, Rafferty est resté absent pendant deux jours et, quand il est revenu, il était ivre.

Vêtu d'un sac en papier.

Recouvert de cochonneries.

Marley a jeté un regard à ce pauvre hère répugnant et a monté l'escalier au pas de course et en hurlant avant de plonger dans une baignoire et de se mettre à se récurer frénétiquement.

Je ne suis même pas sûr qu'il ait pris le temps d'ôter ses vêtements.

Le restant d'entre nous s'est précipité aux côtés de Rafferty, qui s'était écroulé sur le plancher devant la porte.

Il chantait une rengaine dans un souffle aviné et je n'arrivais à saisir que quelques paroles... à propos de cercles de champignons et de celles qui dansent tout autour.

Nous n'avons pas réussi à comprendre ce qu'il disait, aussi Dandon a-t-il demandé à Molly de lui préparer son breuvage presque noir fait de petits haricots bruns pilés. Ils en ont déversé des mètres cubes à l'intérieur dudit Rafferty et nous n'avons pas tardé à avoir sur les bras un ivrogne très en forme qui chantait à pleins poumons :

« Oh, quand les Fées dansaient,
Parfois déculotées... »

Fiz a lâché d'une voix stridente :

— Tu as regardé ! (Elle s'est tournée vers Tynvyr.) Il a regardé !

Indignée, Tynvyr a levé le nez et a tourné le dos au Leprechaun ivre, arrachant le tissu frais qu'elle lui avait appliqué sur la tête.

— Viens, Fiz, Rafferty l'Indiscret ne mérite pas notre assistance.

Et elles se sont éloignées d'un pas fier et altier.

Bigre, c'est qu'il fallait que je demande à Rafferty l'Indiscret où se trouvait précisément ce cercle de champignons, quand il aurait dessaoulé.

Marley est redescendu juste à temps pour voir Rafferty régurgiter abondamment, et Gnome est remonté aussi sec dans sa salle de bains : nous l'avons entendu gémir et sangloter parmi des bruits de brosse frénétiques.

Alors que Roussot... simplement pour goûter... me léchait légèrement et que Tynvyr lui donnait une tape, Rafferty a gémi et s'est évanoui.

— Foutre ! s'est exclamé Dandon. Enfin, il ne nous reste plus qu'à le nettoyer, à l'allonger sur le sofa et à attendre qu'il revienne à lui.

Ce qu'on a fait, et en plus on lui a donné une couverture.

La journée tirait à sa fin quand Rafferty est revenu à lui et c'est alors que nous avons appris où il était passé et ce qu'il avait fait.

Je regrette de ne pas avoir été ailleurs.

Mais voilà, on était tous auprès de Rafferty : Fiz, Tynvyr et Roussot, moi, et Marley le Gnome qui était à présent propre comme un sou neuf, mais dont la peau était pratiquement à vif... vous avez déjà entendu parler de mains usées par la vaisselle, eh bien, le corps tout entier de Marley paraissait usé par la vaisselle. Dandon et Molly étaient là aussi, naturellement.

Rafferty s'est soudain redressé en sursaut, il s'est pris la tête entre les mains en gémissant et il a regardé comme un fou autour de lui. Il a vu alors Dandon :

— Je les ai retrouvés ! s'est exclamé le Leprechaun en grimaçant parce que quelqu'un parlait trop fort... mais c'était lui. Je les ai retrouvés, a-t-il répété, tout doucement cette fois-ci. Tip et Perry. J'ai connaissance de l'endroit où ils sont.

Dandon a bondi en avant, il a saisi le Leprechaun par les épaules et l'a secoué d'avant en arrière.

— Où, Rafferty ? Où donc ?

Rafferty a poussé un hurlement et a pris entre ses mains sa tête vilainement corrigée.

Molly a écarté Dandon.

— Où ? a-t-elle hurlé à l'oreille du Leprechaun, le saisissant par les épaules pour reprendre l'œuvre de Dandon là où il l'avait arrêtée.

Mais, brutalement, comme si cette nouvelle représentait trop de choses pour elle, elle est tombée en pâmoison et s'est écroulée sur Dandon.

Ainsi libéré et malgré sa tête douloureuse, Rafferty a bondi par-dessus le dos du sofa en vue de le placer entre lui et Dandon et Molly.

— Garde foi, ô mon garçon, a-t-il lancé à Dandon tandis que le Warrow se redressait. Il est nécessaire que tu cesses de me remuer la tête de la sorte. C'est moi qui te le dis. Je te le dis. Laisse ma personne tranquille.

Dandon a aidé Molly à s'allonger sur le sofa ; il a pris un linge frais, celui qu'il avait utilisé pour Rafferty, et le lui a appliqué sur le front. Puis il s'est tourné vers le Leprechaun.

— Parle.

Rafferty a fait le tour du sofa et c'est alors qu'il s'est rendu compte de l'état dans lequel il se trouvait.

— Je suis aussi nu qu'un pivert ! a-t-il crié d'une voix stridente.

Il s'est saisi d'une couverture pour cacher sa nudité, s'est empourpré en se refusant à regarder Tynvyr et Fiz, qui s'efforçaient de retenir leurs rires et se cachaient la bouche. Rafferty a alors porté la main à ses lèvres.

— Oh, je me souviens, à présent.

Sa pudeur sauvée par la couverture, Rafferty s'est assis.

— Or donc, Dandon, mon garçon, dans ta hâte d'échapper à ce cavalier noir, il semble que tu sois parvenu à tourner ta bague pour nous ramener à l'endroit précis où tu allas lorsque tu choisis de fuir le Dragon, là même où tu perdis jadis Tip et Perry.

La bague ! C'était donc ainsi que Dandon contrôlait le vol de son auberge. En tournant la bague ! La bague même qu'il essayait à cet instant de dissimuler en fourrant ses mains dans ses poches. Voilà donc ce qu'il avait dans les poches : la bague de contrôle.

— Adonc, continuait Rafferty, par accident ou par instinct, dans ta panique, tu parvins à nouveau à revenir en cet endroit. Et nous y sommes. Sur ce monde. En cette cité maudite. Piégés. Capturés. Enfermés.

Molly était bouche bée. Dandon grinçait des dents, mais il se taisait et il est resté silencieux tandis que Rafferty continuait.

— Ils se trouvent actuellement retenus dans une fumerie d'opium, dans un repaire de drogués, le Poppy Jaune. Le nom du propriétaire est Khassan ; il est en outre esclavagiste, et de la pire sorte qui soit, si j'en dois croire mes oreilles, ce que je fais. Il se dit aussi que ses gardes ne sont pas des agneaux, et ils patrouillent sans cesse sur les lieux. D'après ce que mes oreilles m'ont appris, ils surveillent aussi bien le sous-sol que les cieux.

« Quant à Tip et Perry, Khassan les a mis en vente, à un prix exorbitant. “Spéciaux”, dit-il, en raison de leurs yeux qui scintillent. Et cette ville est sillonnée par des centaines de chasseurs de primes qui fouillent buissons, ruelles et ruisseaux, enfin tous les lieux où ils s'imaginent pouvoir se cacher des membres du Petit Peuple aux yeux scintillants.

« Car Khassan offre une prime fabuleuse pour toute personne aux yeux scintillants.

« Je tiens tout ceci de deux ivrognes qui gisaient dans une ruelle et s'imaginèrent que je n'étais qu'un produit de leur esprit imbibé. Bien entendu, afin d'obtenir ce récit, il me fallut absorber quelques gorgées de leur bouteille, qu'ils cachaient dans un sac en papier.

« Et avant que j'aie pu dire calembredaine, je ne me retrouvai ivre sous l'effet de ce vin bon marché.

« Afin d'acquérir davantage d'alcool, nous vendîmes mes boucles en argent, puis mes vêtements. Et lorsque tout ceci fut terminé... mes boucles, mes vêtements, l'argent, le vin... je m'emparai du sac en papier et m'en ceignis pour revenir.

Une lueur acérée est apparue dans l'œil de Dandon.

— Où est ce Poppy Jaune ?

Rafferty a tendu la main, la paume en avant, comme pour repousser le Warrow dans son siège.

— Hé là, t'imaginerais-tu pouvoir aller récupérer Tip et Perry par toi-même ? Oublierais-tu la prime élevée offerte pour les yeux tels que les tiens ?

« Oh, non, mon bon ami, jamais tu ne partiras en mission de sauvetage, cela est ferme et définitif.

Dandon grinçait des dents de rage, et c'est alors que j'ai compris précisément pourquoi ces gens étaient considérés comme dangereux quand on les contrariait.

— Si ce ne peut être moi ni les miens, Rafferty, a-t-il grincé, qui sera-ce ? Qui les secourra ?

C'est ainsi que nous en étions venus à trébucher dans une ruelle ténébreuse par une nuit noire, glissant sur la crasse et les ordures, coincés entre les mâchoires des maisons, tandis que chauves-souris, rats et peut-être hiboux rôdaient dans la nuit... et dans ce noir chassait un chat.

Il nous traquait.

Formidable.

Vraiment formidable.

Un animal ayant la taille et la férocité d'un chat, d'un chat affamé, d'un chat de gouttière, était capable de réduire en charpie le moindre de nos corps minuscules d'un simple coup de griffes.

Miâaou !

Fiz a lâché un hurlement. Marley a sursauté. Rafferty s'est baissé. J'ai bondi.

Le chat donnait l'impression de se trouver pratiquement au-dessus de nous.

J'ai alors levé les yeux.

Il était bel et bien pratiquement au-dessus de nous. Noir sur noir, ténèbres sur ténèbres j'apercevais à peine cette tache imprécise en haut du mur, se découpant sur le ciel d'ébène.

La tache a bougé.

C'était le chat.

— Attention, au-dessus de nous ! j'ai hurlé comme l'animal bondissait pour atterrir dans la ruelle juste devant nous.

Quelque part.

On ne pouvait pas le voir, à présent. Mais je l'entendais qui s'approchait à pas feutrés.

J'ai alors entendu d'autres pattes feutrées. *Enfern, voilà qu'il y en a plus d'un !*

MIAAOU !

— Je le vois ! s'est écriée Fiz, dont la Clairvoyance féerique était la meilleure de nous tous. Il va nous sauter dessus !

— Sauve-toi, chérie, ai-je hurlé. Sers-toi de tes ailes ! Envole-toi !

Les pattes se sont mises à courir. L'autre se précipitait pour rejoindre le premier.

J'ai fait volte-face, troublé et effrayé, car je ne savais dans quelle direction m'enfuir.

La ruelle était soudain pleine de grognements et de *miâaous*, de bruits d'animaux qui se battent, des chats et des ch...

Roussot ! Ce devait être Roussot ! J'ai alors entendu les cris de Tynvyr.

Corbleu ! C'était bien Roussot ! On avait été sauvés par le renard !

Avec un gémissement, le chat a quitté la ruelle, bondissant par-dessus la palissade et retombant dans les ténèbres.

Rafferty a gratté une allumette : j'ai vu Tynvyr, et Roussot le renard qui dansait sur ses pattes arrière, celles du devant appuyées contre la palissade, là où avait disparu le chat.

Sans réfléchir une seconde, je me suis précipité vers Roussot et je l'ai embrassé. Il s'est retourné, il m'a regardé et a commencé à sourire en salivant.

J'ai sauté en arrière et j'ai heurté quelque chose de doux ; je me suis retourné et j'ai découvert Fiz qui levait sur moi des yeux adorateurs.

Ah-oh.

— Tu m'as appelée « chérie », a-t-elle annoncé tandis qu'une espèce d'expression mielleuse descendait sur elle. Tu m'as dit de me sauver et tu m'as appelée « chérie ».

Avant que j'aie pu réagir, elle était serrée contre moi, les bras verrouillés autour de ma taille.

Entre l'extrémité supérieure de ses ailes, j'ai aperçu Rafferty qui me souriait. Derrière lui, Marley le Gnome examinait à la lueur de l'allumette les détritus dans la ruelle, le bouleversement et le désarroi peints sur le visage, apparemment sur le point de s'évanouir mais s'y refusant pour éviter de s'effondrer dans lesdits détritus : ordures fétides, déchets d'immondices, fange noire et gluante et autres débris et excréments dont je préfère éviter de parler.

L'allumette s'est éteinte, on a replongé dans les ténèbres de la ruelle ; je sentais l'haleine brûlante de Roussot sur ma nuque et sa salive qui me dégouttait dessus.

— Encore une centaine de pas... (C'était Tynvyr qui parlait.)... et vous allez arriver à un croisement où il y aura de la lumière. Elle provient des lanternes extérieures du Poppy Jaune.

« Une clôture en fer forgé cerne les lieux et sur le terrain patrouille un garde accompagné par une espèce de chien. Un autre garde est posté à la porte d'entrée et fait entrer les gens. Tous des Humains.

« Nous pourrons tous facilement nous glisser entre les barreaux de la clôture, même Roussot, mais il lui faudra quand même forcer un peu. En revanche, un chenil à l'arrière abrite d'autres chiens et je suis certaine qu'ils avertiraient la sentinelle si des étrangers venaient à tenter de passer près d'eux.

« Fiz pourrait s'envoler, sans ces vampires dans les airs, et... non, Bork, avant que tu ne me poses la question, je n'ai vu aucun hibou.

« Le Poppy lui-même est grand, un ou deux étages humains, dix mètres peut-être du sol au sommet du toit. J'estime qu'il fait dans les dix-huit, vingt mètres de large, sur peut-être trente de long. Comment il a pu être planté ainsi au beau milieu de ce quartier étriqué, je l'ignore totalement. Quoi qu'il en soit, il possède une porte devant et une autre derrière, mais les poignées sont toutes à hauteur d'Humain.

« Les fenêtres sont barreaudées, mais elles paraissent bouchées avec des plaques de bois. On pourrait entrer par les cheminées, à part qu'elles crachent toutes de la fumée.

« A mon avis, vu les gardes, les chiens, les fenêtres bouchées et le feu dans les cheminées, il sera difficile, voire impossible de pénétrer sur les lieux. C'est probablement pour empêcher quiconque de voler les drogues.

« Rafferty, il semblerait qu'il nous faille nous rabattre sur l'un de nos plans de secours, finalement.

Rafferty a gratté une autre allumette et Tynvyr a écarté Roussot de ma nuque détrempée de salive, le renard affichant un air coupable mais pas vraiment repentant.

Fiz avait toujours un bras autour de ma taille et elle m'a de nouveau considéré avec une expression mielleuse, mais j'étais trop occupé.

— Quel plan ? ai-je demandé. Le mien ou celui de Marley ? Le mien, selon lequel on se fait passer pour une troupe de fantaisistes ; ou celui de Marley, selon lequel on annonce à ces Humains qu'on est des ouvriers au chômage, des fossoyeurs, plus exactement... des fossoyeurs de trente centimètres ?

— Dommage que nous n'ayons pas d'ampoules, a dit Marley en contemplant ses mains à la lumière vacillante de l'allumette. Sinon, le choix serait évident. Mais dans ce cas, il ne nous reste plus qu'à tirer au sort.

On a tous regardé Rafferty, notre chef officieux, pour attendre sa décision.

Il a regardé l'allumette qui continuait de briller, puis il a levé vers nous un bref regard, la tête penchée sur le côté. Il a ouvert les bras tout grand et un immense sourire a illuminé son visage. Il a légèrement secoué la tête.

— Coucou, tchou-tchou, les gars ! C'est l'heure du spectacle !

C'est ainsi qu'en chantant gaiement à pleins poumons on s'est avancés dans la ruelle jusqu'à la lumière de la lanterne et à la porte du Poppy Jaune, dont le garde est resté bouche bée, les yeux écarquillés.

On nous a escortés jusque dans le hall, un hall rempli d'une brume bleue, où régnait une odeur douceâtre, collante et écœurante. Heureusement, à notre niveau, celui du plancher, la brume se dissipait un peu.

La réceptionniste aux cheveux bruns était Humaine, je crois, bien que ses yeux eussent une légère forme en amande typiquement elfine. Elle avait la peau olivâtre, ou jaunâtre... difficile à dire à travers la fumée bleue.

Elle a écarquillé les yeux en nous apercevant, et alors Rafferty lui a expliqué que nous étions la Fabuleuse Troupe itinérante du Professeur Marvel (allez savoir où il avait dégoté ce nom !), qu'il était lui-même le Professeur Marvel et que nous étions venus distraire, heu-heum, les clients, bien entendu en contrepartie d'un, heu-heum, cachet minime. Elle nous a fait monter au premier par un escalier en colimaçon.

On a dépassé deux ou trois chambres, dont une ou deux portes étaient restées ouvertes, et à l'intérieur se trouvaient (Fiz en a eu le souffle coupé) des Humains nus qui dodelinaient sur de petits draps en satin et des coussins en soie, allongés sur un tapis épais au dessin géométrique. Ces Humains paraissaient plongés dans une sorte de transe, perdus dans une vision intérieure.

On a franchi une nouvelle porte et on s'est retrouvés devant un dernier panneau, fermé celui-ci.

La réceptionniste a toqué doucement.

— Qu'est-ce que c'est ? a lancé une voix à l'accent étranger.

— Maître, vous devriez voir ces personnes.

On a attendu un moment et la porte s'est ouverte.

— Qui ?

C'était un Homme. Le cheveu noir, l'œil noir, la peau basanée. Il était mince, pour un Humain, avec des mains aux longs doigts. A mon avis, il faisait dans les un mètre quatre-vingts. Un géant de quatre fois ma taille. Je veux dire que, pour un Brownie, je suis assez grand avec mes quarante-cinq centimètres, mais ce type était un vrai monstre.

— Qui ? il a répété.

L'employée a tendu l'index vers le bas pour nous montrer.

Il a reculé avec un sursaut, manifestement surpris. Un large sourire lui a barré le visage quand Rafferty, euh, le Professeur Marvel lui a expliqué qui nous étions.

Il nous a invités à entrer dans son bureau pour une audition et une discussion de notre cachet et il a demandé à la réceptionniste d'avertir Drak et ses hommes de venir jouer aux spectateurs. Enfern ! ç'allait être plus facile que je ne l'avais imaginé. On l'avait complètement berné.

Quinze minutes après, on a été traînés en bas de l'escalier et jusqu'à la cave, par une porte secrète, et on nous a jetés dans une cellule, Drak jurant parce que :

— *Ce foutu renard m'a mordu !*

Dès que la porte s'est refermée avec un claquement, Marley s'est rué vers moi en crachant :

— Tu vois ! Je t'avais bien dit que mon plan était meilleur ! Mais, face à une logique implacable, est-ce que messire le roi du Showbiz a tendu l'oreille ? Ooooh, nooon. Ils ne croiront jamais qu'on est des fossoyeurs, selon lui. Mais une troupe d'amuseurs leur jettera de la poudre aux yeux. Eh bien, laisse-moi te dire une chose, Bork : nous avons préparé le meilleur spectacle que cette ville ait jamais vu, et tu vois où cela nous a conduits ? Dans une cellule ! Voilà ! Dans une cellule miteuse bourrée de... (Pour la première fois, il a regardé autour de lui et il a pâli.)... paille pourrie... (Il a reniflé.)... et à la puanteur aigrelette (Eurp !).

En s'efforçant de ne pas toucher le sol, Marley s'est avancé pour examiner l'un des deux seaux placés à chaque extrémité de la cellule, l'un étant probablement un seau d'eau potable et l'autre un pot de chambre. Il a donc regardé dans le premier et a poussé un cri en reculant brutalement, la main tendue comme pour repousser quelque chose. Puis il a regardé dans l'autre et a lâché un nouveau hurlement.

— Lequel contient une louche ? j'ai demandé. C'est le seul moyen de savoir.

Marley s'est étouffé et il aurait vomi s'il n'avait su qu'il ne pourrait supporter ce spectacle.

Roussot s'est assis et s'est mis à se gratter vigoureusement derrière l'oreille.

— Il faut sortir d'ici, a dit Tynvyr d'une voix où perçait le désespoir.

Roussot avait à présent commencé à se gratter le cou frénétiquement.

Fiz a levé sur moi un regard d'adoration.

— Ne t'en fais pas, a-t-elle répondu à Tynvyr. Bork va trouver une solution.

Et toute cette adoration à cause d'un lapsus.

Roussot s'est attaqué à la base de sa queue pour chasser une créature cachée dans sa fourrure. Les étoiles soient louées ! sans Roussot nous aurions été couverts de vermine.

— Un peu de silence, je vous en prie, a dit Rafferty en posant l'oreille contre une paroi de la cellule. J'entends des voix.

On s'est tous précipités pour écouter.

« — Holà ! regarde cet insecte, Perry : il a les pattes qui marchent à l'envers... Hé ! ce coin de paillasse a une odeur plus pourrie que l'autre !... Corbleu ! on voit des dessins sur le grain de la porte ! Celui-ci ressemble tout à fait à ton nez, et celui-là, c'est tout à fait...

« — Ferme-la, Tip ! Tu ne te tais donc jamais, Enfern ! Je suis en train d'élaborer un nouveau plan d'évasion et je n'arrive pas à réfléchir ! Tes jacassements me rendent dingue ! Alors, ferme-la !

« — Bigre, Perry, bien sûr que je vais me taire. Je suis probablement plus doué que quiconque pour me taire. Mon nom est Tippy et mon truc, c'est la fermer. Je n'émettrai plus un pépiement. Plus un. Pas un son. Non, monsieur. Perry travaille au plan d'évasion numéro quatre mille cinq cent cinquante-trois et il lui faut le silence absolu, alors je vais le lui fournir. Après tout...

« — FERME-LA ! »

J'ai écarté l'oreille de la paroi et j'ai examiné notre cellule, ses murs de pierre impénétrables, sa porte verrouillée, en bois épais et solide, sa paille pourrie infectée de vermine et ses deux seaux à destination douteuse. On avait été pris au piège d'un esclavagiste et mis au secret dans une salle fermement gardée juste en dessous d'une fumerie de dope. Et voilà que, enfermés dans la cellule voisine de la nôtre, nous retrouvions justement ceux que nous étions venus libérer.

La réussite totale !

Rafferty arpentait la pièce.

— Il nous faut un plan d'évasion, sinon en Enfern tous nous irons.

J'ai levé les yeux sur lui.

— Je suis prêt à affronter un Démon si cela nous permet de sortir d'ici.

Fiz m'a contemplé en rayonnant.

— Oh, Bork, je savais bien que tu trouverais un plan parfait.

J'ai lâché une expression particulièrement brillante :

— *Hein ?*

Au même moment, on a entendu un cliquetis à la porte. Elle s'est ouverte violemment.

C'était Drak. Il nous dominait tous, du haut de son mètre quatre-vingts, et il nous foudroyait du regard en suçotant la tranche de sa main, là où l'avait mordu Roussot.

Drak n'avait pas l'air totalement humain : on eût dit qu'il était sang-mêlé de Gobelin ou de Troll. Mais cela est clairement impossible, car seul un Gobelin ou un Troll supporterait une Gobelin ou une Troll.

Bien sûr, il se pouvait que je me trompe, car derrière

Drak se découpaient les autres gardes qui, comme lui, étaient globlinoïdes.

— R'tiens ton clébard, a grogné Drak à l'adresse de Tynvyr tout en surveillant Roussot.

Mais le renard était trop occupé à se gratter et à mâchouiller sa fourrure pour prêter attention à Drak.

— Messire Drak... a commencé à dire Marley.

— Ferme-la, toi ! lui a lancé Drak en nous lorgnant méchamment. C'est l'heure qu'vous gagniez vot' pain. On va pas vous nourrir pour rien. Alors, l'patron, y veut savoir et moi aussi j'veux savoir qu'est-ce que c'est que vos noms et quoi qu'vous faites dans la vie.

— Je m'appelle Marley et je suis fossoyeur, a répondu Marley en m'adressant un regard de triomphe radieux.

Je me suis contenté de hocher la tête, car je savais qu'il ne tarderait pas à regretter ses paroles.

— Fossoyeur, hein ? a fait Drak avec un reniflement. On a juste le boulot qu'y t'faut.

Il m'a lancé un regard appuyé.

— Au suivant !

— Bork. Cordonnier.

L'un après l'autre, il a noté nos nom et profession.

— Fiz, esprit familier. — Rafferty, barman. — Tynvyr et Roussot, ratiers.

J'ai passé toute la journée à réparer des chaussures et à me torturer le cerveau pour trouver un moyen de nous faire évader. Mais, chaque fois que j'élaborais un plan, soit il nécessitait des capacités que nous ne possédions pas, soit il ne pouvait fonctionner, soit il demanderait des années, soit il impliquerait la mort d'un de nous ou plus. Hé, que dire ? Tout le monde n'est pas artiste de l'évasion.

Très tard, quand je suis rentré dans notre cellule, Tynvyr et le pauvre Roussot étaient déjà là. Cette vermine avait au moins un avantage : elle occupait l'esprit de Roussot. Je n'en éprouvais pas moins de la pitié pour le renard qui, à mes yeux, commençait à paraître un peu miteux.

Avant que j'aie pu échanger plus de deux paroles avec Tynvyr, un garde a ouvert la porte bruyamment, Fiz est entrée à tire-d'aile et a plongé droit sur moi pour me donner un baiser sur la joue avant même d'avoir atterri.

Dès que la porte a été refermée, Fiz a annoncé :

— J'étais dans les étages, j'ai parlé aux tapis et je me suis préparée à exécuter ton plan.

Mon plan ? Parlé aux tapis ? Cette Pixie a manifestement perdu la boule sous la tension. J'ai jeté un coup d'œil à Tynvyr, qui s'est contentée de hausser les épaules et de me lancer un regard qui signifiait :

— *Comment pourrais-je être au courant ?*

— Comment s'est passée ta journée, chéri ? m'a demandé Fiz d'une voix de femme au foyer en levant les yeux sur moi.

J'ai poussé un soupir.

— Dans le domaine de l'évasion, très peu productive, mais je suis quand même arrivé à voler ceci.

J'ai sorti une alêne de sous mon tablier.

Fiz a lâché un glapissement et s'en est emparée.

— Oh, comme tu es malin... (Elle m'a donné un nouveau bisou sur la joue.)... voilà qui est parfait pour défaire les ligatures des tapis.

La porte s'est de nouveau ouverte en grinçant et, comme Fiz cachait l'alêne, les gardes goblinoïdes ont jeté Rafferty dans la cellule. Dehait ! Il était ivre mort et entonnait encore sa chanson sur *Les Fées qui dansent.*

Les Goblinoïdes commençaient à refermer la porte, mais quelqu'un a crié et Marley est entré en geignant, couvert de la tête aux pieds d'excréments d'Humains. Ils l'avaient mis à vider les toilettes.

— Quel trou d'Enfern ! ai-je grogné en tirant Rafferty dans le coin sur de la paille un peu plus tendre.

— C'est encore pire que ce que tu peux imaginer, m'a annoncé Tynvyr. Roussot et moi avons travaillé à la dératisation, au rez-de-chaussée. Il est rempli de rangées et de rangées de couchettes, sur deux et trois niveaux. Des Humains sont allongés dessus, ils fument de la drogue, ils reniflent de la poudre, ils s'enfoncent des aiguilles dans les veines, ils avalent des pilules.

« Ils sont écroulés sur leurs lits et ils sourient d'une béatitude inconsciente, leurs yeux voilés braqués vers l'intérieur, leur âme à l'abandon perdue dans des rêves oubliés de paradis tandis que des serviteurs stoïques déambulent parmi ces épaves, leur apportant encore des opiacés pour alimenter leurs désirs inassouvis.

« Pendant ce temps, d'autres âmes perdues entrent en traînant les pieds, à la recherche d'une couchette libre. C'est comme s'ils ne voyaient pas ou ne voulaient pas voir ceux qui sont agités de secousses et de tremblements, qui sont prêts à donner *n'importe quoi* pour en avoir, ceux qui dépérissent et prennent des stupéfiants au lieu de nourriture, comme s'ils préféraient des rêves narcotiques à un corps et un esprit sains.

« Quels fous d'avoir un jour commencé, et quel endroit hideux que ce Poppy Jaune !

En entendant le récit de Tynvyr, Fiz s'est mise à frémir.

— Oh, c'est horrible. Mais là où j'étais, c'était tout aussi laid.

« Je travaillais au premier, en tant que servante dans les salles des Illusions interdites.

« Les salles sont au nombre de cinq, chacune possédant un tapis épais parsemé d'oreillers en soie. Un par un, les Humains entrent et se dépouillent de leurs vêtements, hommes ou femmes. Mon travail consistait à leur donner de petits draps en satin pour qu'ils s'allongent dessus.

« Une fois que l'Humain est entré et s'est allongé, il commence lentement à perdre conscience tandis qu'il sombre sous l'écheveau de la transe ; ses yeux se voilent, puis se referment, les paupières vacillent sous les mouvements effrénés des globes oculaires ; la salive commence à sourdre de sa bouche et sa respiration se fait lourde et hésitante ; la transpiration lui recouvre tout le corps, qui devient humide et glissant ; une expression d'enchantement absolu se peint alors sur son visage et tout son être se bande et se convulse pour s'écrouler dans la mollesse et l'inconscience. Oh, Bork, certains d'entre eux perdaient totalement le contrôle de leurs fonctions physiques et je devais nettoyer tout cela avec les autres domestiques.

« Les serviteurs les plus anciens disent quc tous ceux qui cherchent les Illusions interdites sont affectés de la même manière : ils perdent lentement tout intérêt dans la vie réelle, ils deviennent distraits et complètement démotivés ; pour eux, la seule réalité, la seule joie, se trouve parmi les oreillers en soie, sur un tapis épais, dans ces chambres du premier étage du Poppy Jaune.

« Et vous savez une chose ? Ils ignorent totalement ce qui se passe réellement, là-haut. Je suppose que cela est dû au fait qu'ils ne disposent pas de la Clairvoyance féerique. Vous voyez, c'est leur âme même qui se fait lentement grignoter, un bout à chacune de leurs visites, en échange d'illusions. Car le Démon prisonnier du tapis dont la victime est dépendante finit par la dévorer totalement. Et...

Rafferty s'est mis à vomir. En geignant, Marley a rampé en tirant derrière lui l'un des seaux avec l'intention de nettoyer le vomi de ses mains nues. Tynvyr et moi l'avons arrêté et l'avons ramené dans son coin ; il nous a regardés de ses yeux vitreux et larmoyants. Ce que les maîtres du Poppy Jaune avaient fait à ce pauvre Gnome était impardonnable.

En outre, je ne pouvais m'empêcher de réfléchir à ce que Fiz et Tynvyr avaient vu dans le bouge au-dessus de nos têtes, et je savais qu'il fallait trouver le moyen de faire payer leurs crimes à Khassan et ses hommes de main.

Je bouillais aussi de rage devant la bêtise crasse de tous ceux qui deviennent dépendants de quelque chose, que ce soit des narcotiques, une illusion, une boisson, une herbe à pipe, ou n'importe quoi. Et cela ne comprenait pas uniquement les Humains, mais tout le monde... Lutins, Hobbits, Warrows et Petit Peuple... et même les Leprechauns.

J'ai jeté un coup d'œil à Marley : le Gnome frissonnait, tremblait, pleurait dans son coin. Dehait ! On devait absolument sortir de ce trou d'Enfern !

Notre grande évasion a eu lieu le lendemain, Fiz exécutant mon plan à la perfection, plan qui a d'ailleurs failli nous tuer jusqu'au dernier. Comment ? Vous ignoriez que j'avais eu un plan ? Eh bien, bienvenue au club, l'ami, parce que je ne le savais pas non plus.

C'est arrivé comme ça :

La porte a grincé encore une fois et Drak est apparu comme d'habitude.

— Dehors, ordures ! a-t-il grogné. C'est l'heure de coudre le cuir, d'attraper les rats, de s'occuper des tapis et de vider la merde. Et toi, Rafferty, tu seras plus au bar : tu vas aussi vider la merde.

Nous nous sommes tous levés en gémissant... Marley se sentait un peu mieux, Rafferty se tenait la tête... et nous avons commencé à sortir à la queue leu leu, à part Fiz qui volait.

— Oh, cap'taine ! a crié l'un des gardes goblinoïdes en indiquant Fiz. Elle a une espèce d'arme !

J'ai regardé. Fiz portait mon alêne.

Tous les diables d'Enfern se sont échappés.

Fiz, évitant rapidement les mains qui voulaient s'abattre sur elle, a volé en direction de la porte secrète ouverte. Avec un glapissement, Roussot a attaqué Drak, les dents acérées du renard coupant le jarret de l'Humain goblinoïde qui s'est écroulé avant que le sang jaillisse de la jambe à laquelle s'agrippait l'animal. Tynvyr a filé pour bondir sur le dos du renard enragé et Marley a écrasé un seau sur la tête de Drak, faisant éclater la tête comme un œuf pourri.

Rafferty et moi avons couru jusqu'à la cellule voisine ; lui ayant sauté sur les épaules, j'ai soulevé la barre hors de ses crochets et elle est tombée dans un grand bruit. A nous deux, nous avons ouvert la porte en bois.

Bouches bées devant nous, se tenaient deux Warrows, Tip et Perry, mais j'ignorais lequel était Tip ou Perry.

— *Rafferty !* ont-ils crié à l'unisson.

— Ne vous contentez point de rester là comme un couple de niguedouilles décervelées, a hurlé Rafferty. N'êtes-vous point capables de reconnaître une évasion ?

Ils se sont précipités à l'extérieur. Perry a ramassé la

barre de la porte et l'a écrasée sur le genou d'un Goblinoïde qui s'est abattu à terre en hurlant, où il a été mis fin à ses jours par Marley et son seau mortel.

— *Bork !* ai-je entendu hurler, et j'ai levé les yeux à temps pour voir Tynvyr et Roussot qui arrivaient sur moi. *Monte derrière ! Il faut qu'on aide Fiz !*

Je suis monté à califourchon sur Roussot derrière Tynvyr et nous nous sommes rués vers la sortie au milieu d'un entremêlement de jambes et de pieds qui tapaient un peu partout. Derrière nous, Tip armé de l'épée de Drak, Perry de sa barre, Rafferty d'une matraque récupérée sur un ennemi abattu et Marley avec son seau assassin combattaient les gardes restants.

Mais deux des Goblinoïdes, criant à pleins poumons, se sont élancés derrière Tynvyr, Roussot et moi.

Roussot a grimpé quatre à quatre l'escalier en spirale, les Goblinoïdes sur les talons. On s'est enfuis jusqu'au rez-de-chaussée, Roussot a filé le long d'un couloir en direction de l'escalier tandis que Tynvyr criait :

— *Yah ! Yah !*

Derrière nous, les gardes couraient ventre à terre en appelant à l'aide, mais nous ne nous sommes pas arrêtés pour voir si quelqu'un leur répondait.

Roussot s'est engagé dans le second escalier en colimaçon, mais il commençait à souffler, car il portait deux personnes et n'était pas habitué à quelqu'un d'aussi lourd que moi.

On est quand même arrivés les premiers à l'étage. Les griffes raclant le sol, Tynvyr criant, les gardes suivant lourdement, Roussot a chargé dans le long couloir menant aux salles des Illusions interdites.

On est passés à toute allure devant des portes en jetant un regard rapide. A la troisième porte, j'ai aperçu Fiz fugitivement...

— *Stop !* s'est écriée Tynvyr.

Le renard a raidi les antérieurs tout en baissant l'arrière-train, glissant sur le sol ciré, faisant volte-face si brutalement que je me suis envolé, bras et jambes écartés, et je me suis écrasé contre un mur à trois mètres de là.

Un peu étourdi, je me suis hâté de me redresser. Les Goblinoïdes étaient toujours en train de nous foncer dessus. Roussot, toujours chevauché par Tynvyr, s'est dirigé vers la porte derrière laquelle j'avais aperçu Fiz, et je l'ai suivi. On est entrés dans la salle juste devant nos poursuivants.

Fiz était là.

Khassan était également là, de l'autre côté de la pièce, à genoux, et il criait :

— Non ! Par pitié, non !

Il la suppliait !

Et Fiz était au bord du tapis, mon alêne à la main, juste au-dessus de la ligature de l'ourlet.

Mais qu'est-ce que... ?

— Non ! a lancé Khassan d'une voix stridente. Je vous libérerai tous ! Vous pourrez partir ! Par pitié, pas ça ! *Il* va s'échapper !

Des pas bruyants derrière nous. *Les gardes !*

— Non, non ! a beuglé Khassan.

J'ai regardé le tapis et, dissimulée au plus profond du dessin, une créature était à peine distincte. Ma faible Clairvoyance féerique, ridicule comparée à celle de Fiz, me permettait de discerner un visage énorme qui nous fixait à travers le dessin géométrique un visage rouge foncé, avec des yeux jaunes de vipère et une gueule moqueuse emplie de crocs luisants, le visage d'un...

Plinc !

Le *plinc* à peine audible d'un fil qui casse quand Fiz a coupé la ligature du tapis.

RRRRAAAAOOOO !

Après expansion explosive hors du tapis, gonflement ascendant et transpercement bruyant du plafond, ouverture fracassante du Poppy Jaune comme un melon pourri et exposition au Soleil des clients-asticots, la forme gigantesque d'un monumental Démon a pris son essor avec un rire de goule et un cri :

— Libre ! Libre !

Les débris s'écrasaient autour de nous et les flammes explosaient vers le ciel tandis que quelque chose flambait en dessous.

— *Fiz, tire-nous de là ! Sers-toi de tes ailes !* Envole-toi ! Échappe-toi ! ai-je crié en filant vers les restes de l'escalier de l'entrée, qui était le plus proche.

— *Bork !*

Une nouvelle fois, Tynvyr et Roussot venaient à mon secours et j'ai bondi sur le dos du renard, qui s'est mis à courir comme si Helequin était à ses trousses.

Khassan fuyait également, ainsi que ses gardes, et ils nous précédaient.

Mais une main immense est alors descendue du ciel, a cueilli Khassan et l'a soulevé hurlant dans les airs. Il y a eu soudain un bruit de giclement, comme quand on écrase un insecte, et cela a coupé net les cris stridents de Khassan.

On s'est enfuis vers le rez-de-chaussée, Roussot effectuant de grands sauts d'un fragment d'escalier à l'autre, de décombres fracassés en gravats empilés, s'envolant sur des distances qui me coupaient le souffle. J'ai alors compris que ni Tynvyr ni moi n'y serions parvenus sans le renard.

La façade de la bâtisse avait éclaté et on s'est rués dans la ruelle. Derrière nous, l'incendie faisait rage.

— Hé-ho ! a lancé une voix.

Et des décombres sont sortis en titubant Tip et Perry, Rafferty et Marley le Gnome, qui portait toujours son seau meurtrier. Et Fiz est descendue des airs.

Nous dominant toujours de toute sa hauteur, se dressait un gigantesque Démon, une pulpe rouge dégouttant de son poing droit serré, et il lâchait un rire horrible, dément, ses yeux jaunes de vipère écarquillés nous lorgnant furieusement.

Le Démon a plongé la main dans le feu et tiré quelque chose des gravats en flammes. C'était un autre tapis. Il a arraché un fil et un deuxième Démon gigantesque a fait son apparition pour se déployer dans le ciel.

Rapidement, trois autres Démons ont été libérés : ils étaient cinq à présent. Ils se regardaient et éclataient de leur rire dément. Puis, comme dotés d'un seul et même esprit, ils se sont écartés les uns des autres à toute allure, se plaçant à cinq points équidistants, sur le périmètre de la ville.

Rafferty les a regardés et, d'une voix tremblante, a annoncé :

— Que les saints nous préservent, ils sont aux pointes d'un pentagramme !

Au même moment, une violente énergie creuse a crépité entre les Démons sur l'étoile à cinq pointes. Soudain, nous étions avec la ville maudite sous un Soleil marron foncé, tandis qu'au-dessus de nous une Lune noire flottait dans un ciel d'un jaune sulfureux.

— Neddra, Neddra ! ululaient les Démons.

J'ai su alors que la ville entière avait été transportée jusqu'aux Royaumes Inférieurs. Sur la plaine infinie couverte de poussière et parmi les mares bouillonnantes de lave, s'avançaient d'immenses hordes affamées : les Légions de Morts Vivants.

Nous étions tombés en Enfern.

Nous étions en Enfern.

Nous étions entourés par l'Enfern.

Nous étions en fuite en Enfern.

Précédant les cadavres qui émettaient des sons inarticulés, des créatures baveuses aux crocs noirs et aux aboiements hideux, des diables enflammés, des êtres immenses et menaçants faits d'ossements, des hurleurs aux yeux jaunes et au cuir semi-transparent, des spectres d'ébène, et autres choses immondes et indescriptibles. Filant à côté de nous et dans les rues de la ville s'emballaient des chariots grondants tirés par des Chevaux d'Enfern, portant d'autres stryges hurlantes qui agitaient leurs lances dentelées, de grandes faux tournoyantes aux roues, chaque goule cherchant à nous empaler sur ces armes menaçantes. Et nous courions, nous les évitions, nous détalions pour sauver notre vie, nous efforçant de rejoindre la Maison des Lutins.

Tandis que nous courions, de terribles tremblements ravageaient la cité, des explosions foudroyantes retentissaient, des bâtiments explosaient, un feu couleur de rubis se précipitant vers le ciel sulfureux. Des foules d'êtres vivants couraient en tous sens, drogués, esclavagistes, gardes sadiques, maquereaux, voleurs, fripouilles, brigands, canailles, cambrioleurs, toute la population de cette ville impure. Le moindre membre de cette race vile fuyait comme nous les Hordes affamées de l'Enfern.

Nous précédions la mort et nous sommes enfin parvenus devant notre but : la Maison des Lutins.

Nous filions, nous nous précipitions, Fiz volait à tire-d'aile sur l'ultime champ jonché de débris, nous atteignions le porche, nous foncions à travers la porte, Rafferty arrivant en dernier, se ruant à l'intérieur et se cachant sous une table et criant :

— Dandon ! Pars ! Envole-toi ! Fuis !

Dandon a tourné sa bague.

Rien ne s'est passé.

— La porte, Rafferty ! s'est-il écrié. Ferme la porte !

Mais j'étais le plus près et j'ai plongé vers la porte au moment même où un énorme Géant aux mains en griffes et à tête de mort surgissait du sol... *RRRRAAAAOOOO !...* s'abattant en avant, se tendant vers l'ouverture, que j'ai refermée brutalement.

Cette fois-ci, quand les Dammen ont allumé les chandelles et les lanternes, je n'ai même pas tenté de regarder par les fenêtres scintillantes, sachant quel effet cela produirait sur mes yeux. Je me suis détendu sur le sofa en frottant les pieds de Fiz, ses minuscules pieds exquis, le désir montant dans mes reins.

La plupart d'entre nous étions là dans la grande salle, épuisés, exténués, reprenant notre souffle, hormis Marley, qui était monté à l'étage avec son seau meurtrier et dont on entendait les bruits de récurage frénétique descendant de la salle de bains.

Molly et Dandon se livraient à d'émouvantes retrouvailles avec Tip et Perry, tandis que Rafferty claquait des lèvres devant un pichet d'ale. Fiz expliquait à tout le monde de quelle manière, grâce à notre Clairvoyance féerique, elle et moi avions vu les Démons pris au piège des tapis la toute première fois que nous étions passés devant les salles des Illusions interdites en nous rendant auprès de Khassan ; et de quelle manière j'avais imaginé mon plan très astucieux d'utilisation d'un

Démon. Pendant tout ce temps-là, elle m'adressait des regards d'adoration.

Je ne crois pas que je lui dirai jamais la vérité.

Quand Marley est redescendu, la peau à vif, le seau à la main, Tynvyr a emprunté du savon contre les puces et elle a conduit Roussot vers l'escalier tandis que le renard s'arrêtait tous les trois pas pour se mordiller la fourrure ou se gratter. J'ai aussitôt songé qu'après un bon bain il ne tarderait pas à se remettre à me fixer en salivant. Oh, bon, je pourrais régler ça en temps voulu.

Je suis resté à réfléchir, me détendant lentement. Si j'avais appris une chose, c'était bien ceci : chaque fois que quelqu'un me lancera :

— Que j'aille en Enfern !

Moi, je lui répondrai :

— J'y suis allé et, crois-moi, tu ne devrais pas dire ça.

Mes méditations ont été interrompues par un léger bourdonnement.

— Qu'est-ce qui ne va pas ?

Dandon s'est levé d'un bond et s'est tourné brutalement vers moi.

— Rien ! Non, il n'y a rien ! Pas de hiboux. Ni de chats, de rats, de chiens, de chauves-souris, d'éperviers, de belettes, de cobras, de mangoustes ou de mangousses et autres créatures de ce genre. Ni de serpents à sonnette. Non, vieux. Rien de tout ça. Impossible. Pas moyen. Et sûrement pas de souris ; elles ont toutes disparu.

Nous avons soudain atterri avec un léger bruit sourd. Les fenêtres ont cessé de scintiller. Elles laissaient entrer une forte lumière aveuglante d'une couleur lavande foncé.

Rafferty a levé les yeux devant cette illumination violette.

— Adonc, Dandon, mon garçon. Où nous aurais-tu transportés, en cette occasion ?

Dandon a toussé et haussé les épaules.

— Eh bien, quant à cela... heum... tu vois, je n'en suis pas vraiment sûr, car, étant donné que ce Géant à tête de mort fondait sur nous... enfin, disons que je n'ai pas eu le temps de choisir notre destination.

A l'extérieur a retenti un grondement mugissant.

La Maison des Lutins s'est mise à trembler.

La porte d'entrée s'est ouverte dans un craquement.

La lumière pourpre s'est précipitée à l'intérieur.

Quelqu'un a poussé un hurlement...

(Halfling House)

LA CHÈVRE

Par Harry TURTLEDOVE

Le dromon videssien nageait de ses cent pattes pour avancer dans le Lygrafjord. Il produisait chez Skatval-le-Vif une impression extrêmement bizarre. Sans cesser de s'interroger, le chef haloga utilisa la paume d'une main calleuse pour protéger ses yeux du soleil matinal et regarder vers le large.

Il se convainquit à contrecœur qu'il ne s'agissait pas du pavillon impérial lui-même, soleil d'or sur azur, qui flottait en haut du mât du dromon. Il avait déjà vu ce pavillon-ci, il avait affronté ceux qui l'arboraient, bien trop souvent pour sa convenance.

Ce n'étaient pas davantage les soleils jumeaux que les Videssiens avaient dessinés pour aider le bateau de guerre à suivre la route voulue, bien que son propre peuple eût préféré peindre des yeux. Venus du Sud lointain, les Videssiens avaient naturellement bien plus de confiance dans le soleil que ne le pouvaient lui en accorder les Halogaï. Par ici, au milieu des glaces, des ténèbres et de la faim de l'hiver, le soleil semblait parfois n'être plus qu'un souvenir lointain, évanoui. Une fois de plus, Skatval se demanda pour quelle raison l'empire de Videssos, qui était si riche, cherchait à engloutir le Halogaland et son dénuement infini.

Mais cette pensée l'éloignait de la marque qu'il s'était fixée. Il scruta plus attentivement, chercha une nouvelle fois une bizarrerie, un petit quelque chose, un détail subtil...

— Par les dieux, souffla-t-il. Ce sont les ombres.

Les hommes du Nord, qui devaient tenir compte des mers brutales et des tempêtes sauvages de la baie de Haloga, bordaient toujours à clin leurs embarcations, chaque planche chevauchant celle du dessous et fixée par des chevilles pour assurer une plus grande solidité. Les planches du dromon étaient mises bord à bord, donnant à ses flancs un aspect lisse indécent... *un peu comme les Videssiens eux-mêmes,* songea Skatval avec un léger sourire.

Les hommes qu'il commandait pouvaient remplir une demi-douzaine de galères. L'arrogant dromon avait déjà dépassé les anses où étaient échouées quatre d'entre elles. Que soit allumé le feu de guerre... et les torches étaient toujours à portée de main... et ce téméraire capitaine ne rejoindrait jamais sa patrie brûlante. Skatval n'avait qu'un mot à dire.

Ce mot ne fut pas prononcé. En premier lieu, à la proue du dromon un bouclier peint en blanc était accroché à une lance, le signe de trêve videssien. En second lieu, le dromon était seul. S'il le coulait et tuait ses marins, ce serait une véritable flotte qui viendrait exercer sa vengeance. En cela, Stavrakios, l'homme assis sur le trône de l'empire, ressemblait beaucoup à un Haloga.

Le dromon s'arrêta peut-être à un furlong du fond du fjord. Skatval regarda les marins vêtus de pagnes (ses lèvres se tordirent en un sourire méprisant en songeant à ce qu'ils subiraient dans un tel accoutrement en ces lieux, à plus d'un mois du plein été) descendre une chaloupe dans l'eau bleu-gris. Quatre hommes se hâtèrent de descendre par une corde. Leur façon de manier les avirons lui indiqua aussitôt que ce n'étaient pas des marins. Les coins de la bouche s'abaissèrent. Qu'étaient-ils donc ?

Tandis qu'ils s'éloignaient de l'ombre du dromon, le soleil brilla sur leur crâne rasé. Un instant, Skatval accepta simplement ce qu'il voyait. Puis il lâcha un juron, bruyant, prolongé et féroce. Les Videssiens envoyaient donc encore une meute de prêtres en Halogaland ? N'avaient-ils donc pas encore compris que les peuples du Nord ne s'intéressaient pas à leur dieu ? Se pouvait-il que leur Phaos exigeât parfois des sacrifices sanglants ?

Skatval rumina cette nouvelle pensée pendant un certain laps de temps, car elle rendait le dieu videssien plus similaire à ceux qu'il vénérait. Mais il finit par la repousser. Il avait vu les impériaux dans leurs pratiques religieuses. Ils adressaient des hymnes à leur dieu dégénéré, et non du sang.

La chaloupe partie, le dromon tourna sur lui-même (voilà une nage qui méritait le respect) et se dirigea vers la sortie du fjord. Skatval se renfrogna de nouveau. Même les Videssiens exsangues n'avaient pas pour habitude de laisser leurs prêtres à périr ainsi.

Au lieu de s'échouer, la chaloupe s'immobilisa à portée d'arc du rivage. Les prêtres en soutane bleue se mirent à entonner un cantique. L'un d'eux se leva, braqua son regard sur le soleil et traça un cercle au-dessus de son sein gauche. Skatval savait que c'était un geste de respect. Les autres prêtres tracèrent également le cercle solaire, puis effectuèrent une passe rapide, puis une autre et une autre encore.

Un large pont de rayons de soleil jaillit soudain entre la chaloupe et la plage. Les prêtres prirent leurs sacs à dos et s'avancèrent dessus comme s'ils marchaient sur la terre ferme. Quand le dernier d'entre eux fut sur le rivage, le pont s'évapora. La chaloupe se balançait dans le fjord, solitaire, oubliée.

Ce sont donc des sorciers, songea Skatval. La magie, qui devait frapper de crainte le moindre fermier qui regardait, l'impressionnait également, mais dans une certaine mesure uniquement : il eût été davantage inquiet si elle avait en plus transporté le bateau. Certes, les Halogaï pouvaient se targuer de posséder des sorciers, bien que leur art fût plus terre à terre, souvent plus sanglant, que ce jeu avec la lumière elle-même. Skatval refusait d'être frappé de crainte. Il ne faisait pour lui aucun doute que c'était elle que recherchaient les hommes en bleu, autrement ils auraient ramé jusqu'au rivage.

— Alors, ils aiment se vanter, hein ? marmotta-t-il. Par les dieux, je vais leur faire ravaler de force leur forfanterie.

Il posa la main sur le pommeau de son épée et s'avança à grands pas. Devait-il occire dès aujourd'hui les hommes en bleu, se demandait-il, ou bien était-ce là le dessein de Stavrakios de chercher à l'exciter, donnant ainsi à l'empire une excuse pour lancer ses bateaux et ses soldats ? Le Videssos savait jouer bien plus finement que les autres au jeu de la politique. Peut-être serait-il plus sage de laisser les prêtres commettre d'abord quelque outrage, ainsi qu'ils ne manqueraient de le faire, afin de justifier leur assassinat.

Les nouveaux venus importuns le virent descendre la piste de la longue-maison. Comme un seul homme, ils se tournèrent dans sa direction. *Oui, comme un seul homme,* songea-t-il. Les prêtres videssiens se ressemblaient comme des gouttes d'eau. Avant de s'être suffisamment rapproché pour distinguer leur visage, il était sûr de ce qu'il découvrirait. Certains plus âgés, certains plus jeunes, mais ils étaient tous petits, frêles et basanés, selon ses propres critères.

Trois d'entre eux correspondaient au moule prévu. Même leur âge était difficile à déterminer, en dehors du gris de leur barbe non taillée : ils se ressemblaient tant par leurs soutanes assorties que par leurs crânes nus et luisants.

Peut-être parce qu'il prévoyait l'uniformité, il fallut davantage de temps à Skatval pour remarquer que le quatrième homme n'était pas assorti. Certes, il portait la soutane et le crâne rasé de ses compagnons, mais la barbe qui bourgeonnait sur ses joues et son menton n'était ni noire ni grise ; c'était plutôt un enchevêtrement doré qui lui descendait jusqu'à mi-poitrine. Il avait le visage carré ; le nez court ; les yeux n'étaient pas sombres, rusés et recouverts de paupières lourdes, mais ouverts, amicaux et de la couleur précise des eaux du Lygrafjord.

Le pas ferme de Skatval hésita. Il tira sur sa barbe, plus nettement taillée que celle du quatrième prêtre, mais de la même teinte. Voilà un point inattendu. Comment le Videssos avait-il transformé un Haloga en prêtre de Phaos ? Plus exactement, quelle sorte d'arme était-il ?

Tous les prêtres priaient depuis qu'ils avaient quitté l'*Impitoyable* pour la chaloupe qui les avait conduits sur cette plage inhospitalière. Mais à présent, Antilas, Néphon et Tzoumas étaient silencieux et regardaient approcher le barbare. Ils savaient que le martyre n'était peut-être qu'à quelques instants de là, ils savaient que leur destin reposait entre les seules mains de Phaos, ils savaient que le dieu de bonté ferait d'eux ce qu'il désirait.

Kveldulf savait tout cela, il le savait aussi bien que ses frères. Il n'en répétait pas moins la profession de foi :

— Nous te bénissons, Phaos, seigneur dont l'esprit est grand et bon, toi qui veilles à ce que la plus grande épreuve de ma vie se décide en notre faveur.

— Ta piété, comme toujours, est à porter à ton crédit, Kveldulf, déclara Tzoumas.

Comme tous les impériaux, le vieux prêtre prononçait le nom de Kveldulf comme s'il s'était agi d'une appellation videssienne : *Kveldoulphios*. Il s'était tellement habitué à l'entendre ainsi qu'il avait presque l'impression de le porter depuis sa naissance. Presque.

Ne désirant nullement contredire son supérieur, il abaissa les yeux avec humilité. Il avait parlé non tant pour invoquer la faveur du dieu de bonté que pour trouver un point d'ancrage, pour se rappeler ce qu'il avait voulu devenir, dans un monde où il avait besoin de se fixer tout autant que le marin naufragé a besoin d'un espar auquel se raccrocher dans une mer furieuse.

S'il n'avait pas posé le pied en Halogaland depuis plus de vingt ans, tout ici le frappait par son air de familiarité d'autant plus fort qu'il était inattendu : la façon dont le terrain descendait en pente abrupte vers la mer ; le gris sévère de la roche nue ; la senteur salée de l'air frais ; les capes sombres des pins et sapins droits comme des flèches qui recouvraient les épaulements des collines ;

les murs en torchis de la longue-maison du chef et la façon dont les parois se penchaient l'une vers l'autre pour recevoir la forme du toit, qui n'était pas un toit, à l'origine, mais plutôt un bateau renversé devenu inutilisable en mer. Il avait précisément passé son enfance dans une longue-maison semblable.

Mais il n'était plus enfant. Amené dans l'empire en tant que butin de guerre, il était devenu adulte... et prêtre... dans ses grandes cités, Skopentzana la dorée, et l'immense capitale impériale, la ville de Videssos. A présent, il voyait les choses avec des yeux d'homme qui connaissait un monde différent de ce qu'il avait accepté quand il était enfant.

— Ils sont si pauvres, chuchota-t-il.

les champs verdoyants nourrissaient bravement de l'orge et des haricots, mais ils étaient pitoyablement étroits. Et les moissons, selon les critères videssiens, ne pouvaient qu'être maigres. Sous le souriant soleil méridional, certaines provinces favorisées donnaient deux récoltes par an. Ici, dans le Nord, en obtenir une n'était nullement garanti. Les vaches étaient petites, les cochons efflanqués ; seuls les moutons paraissaient aussi beaux et laineux que dans ses souvenirs. On avait besoin de bonne laine, de la laine pour se protéger de l'hiver.

Même la longue-maison était à la fois une référence à ses souvenirs et une déception par rapport à ce à quoi il s'attendait. Ce chef était plus riche qu'avait jamais pu rêver de l'être le père de Kveldulf ; sa demeure était plus grande et plus robuste que celle dont s'était enfui Kveldulf, le nez humide et la gorge irritée par la fumée produite par l'incendie déclenché par les impériaux. Pourtant, à côté des dizaines de maisons, de palais et de temples de Skopentzana ou de la ville de Videssos, ce n'était là qu'un groupe de masures, et des masures crasseuses par-dessus le marché.

Le chef lui-même s'avançait toujours vers les prêtres. C'était un homme de grande taille, large d'épaules, qui possédait la même chevelure blonde, les mêmes yeux et teint clairs que Kveldulf. La grosse broche en or qui fermait sa cape affichait également son rang. Mais son pantalon lâche en laine avait les genoux tachés de terre, peut-être celle des champs, mais plus probablement celle du sol de la longue-maison. En se rappelant la demeure de son père en train de brûler au-dessus de sa tête, Kveldulf remarqua les yeux injectés de sang du chef et la suie incrustée dans les rides de son front : les Halogaï connaissaient les cheminées, mais en hiver ils préféraient ne pas laisser la moindre chaleur s'échapper.

Le chef marqua un temps d'arrêt à environ trois pieds des prêtres et passa une bonne minute à les inspecter. Puis il demanda :

— Pourquoi venez-vous ici, alors que vous savez que ceux de votre sorte ne sont pas les bienvenus ?

Sa voix de basse, les paroles retentissantes prononcées lentement, firent frémir Kveldulf. Depuis l'enfance, il n'avait entendu personne parler haloga en dehors de lui-même ; il l'avait enseigné à ses camarades qui l'accompagnaient aujourd'hui, mais ils le parlaient avec des intonations videssiennes saccadées.

Sous cette voix, son cœur cria à Kveldulf de répondre, mais ce n'était pas le lieu. Humble, il garda les yeux posés sur le sol tandis que Tzoumas, son aîné et le plus saint des quatre, répondait dans la langue du Nord :

— Nous sommes venus vous parler de Phaos, dieu de bonté, seigneur à l'esprit grand et bon, que vous devez vénérer pour le salut de votre âme.

— Voici qui est nouveau, répondit le chef en haussant ses sourcils couleur de paille. (Il parla soudain en videssien :) Ils ne sont pas rares, ceux qui parlent votre langue, mais rares sont les hommes du Sud qui se sont donné la peine d'apprendre la nôtre.

Derrière Kveldulf, Néphon poussa Antilas et chuchota :

— Rares sont ceux de Videssos qui perdraient leur temps à apprendre ce jargon barbare.

Antilas acquiesça dans un grognement. Le chef haloga n'avait pu l'entendre. Kveldulf fronça les sourcils, même si Néphon n'avait pas tellement tort ; seul un ordre direct du patriarche avait permis que trois d'entre eux assimilent la langue et les coutumes des Halogaï. La plupart des Videssiens présumaient que quiconque se refusait à adopter leurs coutumes ne méritait pas d'être sauvé.

Le chef continuait en videssien :

— Je suppose que cette chèvre vous a enseigné notre langage. (Son regard se porta sur Kveldulf, puis il revint à sa langue natale pour demander :) Qui es-tu et comment es-tu arrivé parmi ces sudistes ?

— Si tu le permets, vénéré seigneur ? murmura Kveldulf à Tzoumas, qui baissa la tête en signe d'assentiment. (A ce moment seulement, Kveldulf parla directement au Haloga.) Je suis Kveldulf et prêtre de Phaos comme tous les autres.

— Non, pas comme tous les autres, fit le chef. Et Kveldulf *quoi* ? Es-tu un esclave, ou une femme, pour n'avoir ni sobriquet ni patronyme à mettre à côté du tien ? (Il se tapa sur la poitrine.) Moi, je suis Skatval-le-Vif, fils de Skatval Raud.

— Honneur à toi et aux tiens, Vif Skatval, dit Kveldulf en saluant le chef de manière officielle. Je m'appelle... Kveldulf. Cela est suffisant. Tu peux dire que je suis esclave, mais un esclave volontaire du dieu de bonté, comme le sont tous ses prêtres. Nous n'avons d'autres titres ni besoin d'aucun autre.

— Tu... te dis esclave ? (L'épée de Skatval glissa hors de son fourreau.) Et tu accepterais l'asservissement du peuple libre de Halogaland ?

— Au dieu de bonté, oui.

Kveldulf savait que la mort se rapprochait. Parmi eux, les Halogaï n'avaient pas d'esclaves. Les Videssiens en avaient. Kveldulf avait été un esclave tout à fait ordinaire, jusqu'à ce que son amour fervent pour le dieu dont il avait fait connaissance au sein de l'empire eût persuadé son maître, qui était aussi un homme pieux, de l'affranchir pour servir Phaos. Il affronta sans ciller le regard fixe de Skatval.

— Occis-moi si tu le désires, messire. Je ne fuirai point, ni ne lutterai. Mais je prêcherai tant que je vivrai.

Le chef haloga se mit à lever sa lame étincelante. Puis, d'un seul coup, il s'arrêta, rejeta la tête en arrière et éclata d'un rire qui projeta ses échos parmi les collines.

— Prêche tant que tu voudras, là où tu le voudras, mauviette de prêtre. Et nous verrons combien d'hommes du Nord accepteront de s'entraver à tout jamais à quoi que ce soit, fût-ce à un dieu.

Kveldulf sentit une colère brûlante monter de sa gorge jusqu'au sommet du crâne. Avec sa peau pâle et presque transparente, il savait combien sa rage devait être visible. Peu lui importait. D'eux-mêmes, ses poings se serrèrent maladroitement. Il fit un pas vers Skatval.

— Arrête ! lança sèchement Tzoumas.

Skatval éclata encore de rire et rangea son épée.

— Laisse-le, Videssien. Peut-être pourrai-je mettre un peu de bon sens dans cette tête rasée s'il n'existe aucun autre moyen.

— Arrête-toi, vénéré seigneur, répéta Tzoumas à Kveldulf.

Il attendit que Kveldulf s'arrête avant de se retourner vers Skatval. Il déclara au chef :

— Prends ton arme, messire, car dans la bataille qui doit se livrer, tu trouveras Kveldulf bien armé.

— Bien armé ? Avec quoi ? se moqua Skatval.

— Avec des paroles, répondit Tzoumas.

Skatval s'arrêta soudain de parler.

Kveldulf prêcha dans un pré, un tas de bouse de vache tout près de ses sandales. De tout ce que Skatval savait des Videssiens, cela en soi aurait suffi à écarter beaucoup d'entre eux. Mais Kveldulf avait fait remarquer que seuls certains des petits fermiers du chef auraient pu se garder de venir. Or, au goût de Skatval, bien trop de ces fermiers étaient là à l'écouter dans le pré.

Il observait la scène à l'orée du bois bordant le pré. Il avait traité Kveldulf de femme parce qu'il portait un nom unique. Or, comme pour le venger de ce défi, c'étaient justement les femmes qui se pressaient pour écouter le prêtre devenu inexplicablement videssien. Une certaine jalousie l'envahissait. S'il méprisait Kveldulf, il ne pouvait nier que la soutane bleue faisait de lui un homme impressionnant, malgré le crâne rasé. Tout répugnants que pussent paraître les ecclésiastiques videssiens, cela constituait une nouveauté exotique chez un individu qui était par ailleurs un homme du Nord typique. A en juger d'après l'attitude des femmes, elles étaient bien de cet avis.

Parmi ces femmes se trouvait sa propre fille, Skjaldvor ; il apercevait ses cheveux d'or étincelants au deuxième rang autour de Kveldulf. Un son de mécontentement gronda du fond de sa gorge. Si Skjaldvor prenait au sérieux ces bêtises sudistes, comment pouvait-il espérer se débarrasser de Kveldulf quand le moment serait venu ? Il grogna de nouveau. Sa fille aurait dû se marier deux ans auparavant, voire trois ou quatre, mais il lui avait accordé, et même avait été flatté par son désir de rester dans sa propre maison. Il se demandait à présent quelle sorte de prix il lui faudrait payer en échange de cette indulgence.

Il ne pouvait s'empêcher d'entendre ses propres dieux assoiffés de sang qui se riaient de lui. Ils savaient qu'il était toujours mauvais de se montrer indulgent. Il se renfrogna. Se laisseraient-ils volontiers supplanter, rien que pour lui apprendre une leçon qu'il connaissait déjà par cœur ? La chose était possible. Les Halogaï qui couraient derrière la vengeance le faisaient par principe, sans prendre en compte le prix à payer.

La brise d'été, douce au point d'abuser un ignorant qui se serait imaginé qu'un tel temps pouvait durer éternellement, portait les paroles de Kveldulf jusqu'aux oreilles de Skatval. Le prêtre possédait une belle voix chaude, une voix virile, et c'était un excellent orateur : il mariait le style direct du Nord au style plus sophistiqué des Videssiens, comme s'il prenait en main des idées pour les examiner sous toutes les coutures.

Il marqua un temps d'arrêt. Son auditoire, qui aurait dû profiter au maximum de la brève saison d'été au lieu de rester là à écouter des absurdités douceâtres, explosa en applaudissements. Skatval vit les mains de Skjaldvor qui battaient, il vit aussi de profil ses yeux brillants braqués sur Kveldulf, la bouche souriant largement.

Il commença à s'inquiéter sérieusement.

Après quelques jours de prêche, c'était Kveldulf qui s'inquiétait sérieusement. Les Halogaï, qui étaient jadis son peuple... qui étaient *toujours* son peuple puisque le sang comptait autant que le lieu d'habitation..., se pressaient pour venir l'entendre. Ils l'écoutaient avec une attention plus soutenue qu'il n'en aurait attendu d'une foule de Videssiens ; le dernier des impériaux se prenait pour un théologien et tenait à discuter de la moindre signification des saintes écritures de Phaos. Les Halogaï écoutaient avec respect ; ils hochaient simplement la tête ; ils déclinaient toute conversion.

Certes, ils lui réservaient des questions, de nombreuses questions. Mais ces questions n'étaient pas issues des saintes écritures ; elles ne supposaient pas que ces écritures étaient la vérité et ne débattaient pas de ou au sujet de leurs prémisses. Pour les Halogaï, tout ce qui était en rapport avec Phaos, même son existence, était sujet de discussion. Kveldulf en avait été averti avant de partir pour son pays natal. Ce n'était qu'à présent qu'il découvrait ce que cela signifiait.

Aucun Videssien, par exemple, n'eût demandé, comme ce berger aux bottes en cuir non tanné souillées d'excréments de mouton :

— Eh ben, comment tu sais qu'ton Phaos, il est comme tu dis ?

— En ce monde, il est de bonnes choses, et de mauvaises, répondit Kveldulf. Phaos est l'architecte de tout ce qui est bien, alors que Skotos œuvre sans relâche pour abattre tout ce qu'il conçoit.

Il cracha entre ses pieds en signe de rejet du dieu des ténèbres.

Le berger cracha également.

— C'est toi qui l'dis. Mais qui t'l'a dit ?

— Ce sont les paroles mêmes du dieu de bonté, rédigées dans les temps anciens.

Kveldulf adressa un signe de tête à Tzoumas, qui

présenta un exemplaire des écritures. Les mots contenus dans ce livre ne représentaient rien pour les Halogaï ; ils n'avaient pas d'écriture pour leur langue, et encore moins pour le videssien. Mais la couverture, dont le cuivre était astiqué au point de ressembler à de l'or, décorée de pierres précieuses et d'un portrait en émail de la figure sévère et majestueuse de Phaos, promettait que ce qu'il contenait méritait d'être pris en considération. Comme le disait un proverbe videssien, *la robe se révèle d'abord par son ourlet.*

Mais le berger entêté reprit :

— C'est ton dieu qui t'a dit tout ça ?

Kveldulf dut branler du chef. Le berger continua :

— Pourquoi y croire, alors ? Quand j'entends le tonnerre, ou quand j'vois les pousses vertes d'l'orge au printemps, ou quand j'fous ma femme, ça c'est des trucs que j'sais par moi-même, j'ai pas honte d'adorer les dieux qui les ont façonnés. Mais un dieu qu'a parlé y a si longtemps, si il a parlé ? Peuh !

Il cracha une nouvelle fois.

Derrière Kveldulf, l'un de ses collègues videssiens (il eut l'impression qu'il s'agissait de Néphon) souffla :

— Blasphème !

Kveldulf se sentit également parcouru par une brève chaleur, plus chaude que tout ce que pouvait engendrer le soleil humide de Halogaland. En même temps que leurs cheveux, les prêtres videssiens abandonnaient toute relation charnelle, en marque de dévotion à leur dieu de bonté. Kveldulf endurait son célibat depuis longtemps ; cela le dérangeait rarement. Mais les impériaux ne parlaient pas de la chose avec autant de décontraction que ce berger. Le terme employé avait un instant fait réfléchir Kveldulf à ce qu'il avait écarté à tout jamais.

— Si les saintes paroles du dieu de bonté ne t'inspirent pas, songe aux actes de ceux qui le vénèrent. Ils règnent des frontières de Makurane, loin au sud-ouest, jusqu'aux terres qui touchent la mer Videssienne et la mer des Marins, pour remonter le long de la mer du

Nord jusqu'à vos territoires. Et tout ceci se trouve placé sous l'autorité d'un seul homme, le puissant empereur Stavrakios, avtokrator des Videssiens, alors que la petite Halogaland est partagée entre d'innombrables chefs. Ceci n'est-il pas une indication de la force de Phaos ?

Derrière lui, Néphon déclara :

— Cet argument ne se trouve pas dans les écritures. Les barbares doivent venir à la foi de Phaos par la magnificence du dieu de bonté et non par celle de ceux qui le vénèrent.

— Ne les traite pas de barbares, souffla Antilas. Il est des leurs, ne l'oublie pas.

Néphon poussa un grognement. Tzoumas prit la parole.

— Peu importe comment les fidèles viennent à Phaos ; l'important est qu'ils le trouvent. Que Kveldulf continue, s'il le veut.

L'aparté s'était déroulé en videssien. Les Halogaï à qui prêchait Kveldulf n'avaient rien remarqué. Pour la première fois depuis qu'il était arrivé en Halogaland, il avait des auditeurs qui l'écoutaient avec sérieux. Il se demanda pourquoi, car Néphon avait raison : un argument partant des résultats était plus faible que s'il était tiré de la doctrine. Mais les hommes du Nord respectaient la force ; peut-être que leur rappeler la puissance de Videssos n'avait fait aucun mal.

— Jetez loin de vous le mal de votre vie ! lança-t-il. Acceptez Phaos dans votre cœur, dans votre esprit. Tournez-vous vers le bien qui repose en chacun de vous. Qui me montrera qu'il est prêt à s'attacher au seigneur à l'esprit grand et bon, et à rejeter le mal à tout jamais ?

Il avait déjà demandé cela, à la fin de chaque sermon, et il n'avait eu droit, chaque fois, qu'au silence ou à des moqueries. Les Halogaï aimaient assez l'écouter ; cela leur servait assez agréablement de passe-temps. Mais écouter et adhérer étaient deux choses bien différentes et, malgré toutes ses exhortations passionnées, il n'avait convaincu personne jusqu'à ce jour. Une femme leva alors la main, puis une autre, et ensuite un homme.

Kveldulf traça le signe solaire sur son cœur. Il leva les yeux vers les cieux pour remercier Phaos de lui avoir accordé la persuasion et ses yeux s'emplirent de larmes de gratitude. Le dieu de bonté lui avait enfin donné un signe qu'il n'abandonnerait point le peuple du Nord.

Skatval trancha la gorge du cheval. Tandis que la bête de sacrifice titubait, il tendit le bol de *laut* sous son cou pour récupérer les flots de sang. Le cheval s'abattit. Avec la coupe de *laut*, il remplit les goupillons et aspergea de sang étincelant les murs en bois du temple. Il se trempa également les joues et les mains, ainsi que celles des membres du clan qui s'étaient rassemblés autour de lui.

Tandis qu'il mouillait de sang sacré les hommes et les femmes, son prêtre, Grimke fils de Grankel, déclara :

— Puisse le bien couler des dieux comme le sang coule de l'offrande.

— Ainsi soit-il, répondit Skatval.

Il fut imité en cela par ses guerriers et leurs femmes... les rares présentes. Il fit de son mieux pour dissimuler son malaise en commençant à équarrir le cheval, mais cela fut difficile. Le sacrifice aurait dû unir la totalité du clan, pour recevoir la bénédiction des dieux et pour festoyer ensuite de viande de cheval et d'ale. La plupart des siens étaient venus, mais il en manquait bien trop.

Parmi les absents se trouvait Skjaldvor. Les sourcils de Skatval se rejoignirent au-dessus de son nez long et mince. De tous ceux qui pouvaient écouter ces jacassement sudistes au sujet de Phaos, il s'était attendu à ce que sa fille fût la dernière.

Il jeta un coup d'œil à Ulvhild, son épouse. Après avoir passé avec lui la totalité de leur vie d'adultes, elle captait les pensées dans son crâne comme s'il les criait. Elle haussa les épaules, lentement et significativement, lui disant qu'elle ne pouvait rien faire au sujet de Skjaldvor : sa fille était une femme, désormais. Il renifla. Personne ne pouvait agir contre une fille qui s'était transformée en femme. Ulvhild entendit son reniflement et le foudroya du regard : elle avait également volé cette pensée.

A la hâte, il s'occupa de rôtir la viande. Les premiers morceaux furent enfin cuits. Quelqu'un tendit une assiette en bois de bouleau. Il piqua un morceau et le lâcha dans l'assiette. A côté de lui, Grimke maniait une louche et remplissait une chope d'ale.

— Que les dieux nous bénissent de leur générosité, entonna-t-il.

Un peu plus tard, le ventre rempli de viande et la tête étourdie par un trop grand nombre de chopes d'ale, Skatval sortait fièrement du temple. Il était l'un des derniers à quitter les lieux : l'un de ses devoirs consistait à manger et boire davantage que ceux dont le rang était inférieur au sien. Le goût généreux de la moelle chaude lui emplissait encore la bouche.

Il se tapa sur l'abdomen du plat de la main. La vie n'était pas si désagréable. Les champs étaient plus beaux que jamais ; l'épizootie n'avait pas frappé les troupeaux, la maladie avait épargné son peuple. Aucun envahisseur ne les menaçait. L'hiver serait long, mais l'hiver était toujours long. Si les dieux le voulaient, presque tout le clan verrait le printemps prochain. Il avait connu bien trop d'années où disette et mort se manifestaient des mois à l'avance.

La satisfaction le quitta alors brutalement, comme s'il n'était qu'un pot fendillé. En bordure du champ de fenaison, Kveldulf et Skjaldvor marchaient, non bras dessus, bras dessous, mais côte à côte, tête contre tête. Kveldulf expliquait quelque chose avec des gestes extravagants qu'il avait dû apprendre chez les Videssiens ; aucun homme de Halogaland ne se serait montré aussi exubérant. Skjaldvor éclata de rire, tapa dans ses mains et hocha la tête avec passion. Elle appréciait manifestement ce qu'il venait de dire.

Il est plus probable qu'elle apprécie surtout Kveldulf, songea Skatval avec une joie sinistre. Le chef se demanda s'il elle faisait la distinction entre la personne et les doctrines de l'homme en soutane bleue. Il nourrissait certains doutes. Mais que pouvait-il faire ? Que peut-on faire contre une fille qui s'est transformée en femme ?

Il avait répondu lui-même à cette question, dans le temple. La conclusion à laquelle il était arrivé ne lui plaisait guère, mais il n'en avait pas de meilleure pour l'instant.

— Raconte-moi, Kveldulf, disait Skjaldvor, comment se fait-il que tu vénères le dieu videssien ?

Elle s'arrêta de marcher, inclina la tête et attendit sa réponse.

La lumière qui filtrait à travers le feuillage de la forêt était claire, pâle, presque incolore, comme les troncs blanc-gris des bouleaux qui les entouraient. L'air avait un parfum de mousse et de rosée. En s'arrêtant aussi, Kveldulf sentit la quiétude l'envelopper comme une cape. Quelque part dans le lointain, il entendit la trille sourde et ronronnante d'une mésange huppée. Tout était tranquille, en dehors de cela. Il entendait son propre souffle et, au bout d'un moment, il perçut même celui de Skjaldvor.

Comme elle le regardait, il l'étudia également. Elle était grande, pour une femme : le haut de sa tête dépassait son menton. Les cheveux dorés flottants encadraient son visage, une figure au menton robuste, aux pommettes fières, et qui, dotée d'un regard droit et d'yeux bleus écartés, révélait mieux que cent volumes l'opiniâtreté légendaire des Halogaï. En fait, c'était une copie conforme des traits de son père, bien que chez elle la rudesse fût devenue fraîche et charmante. Mais Kveldulf, peu habitué aux familles et aux femmes, n'était pas vraiment capable d'analyser tout cela.

Il n'en savait pas moins qu'elle le rendait nerveux et qu'il passait avec elle davantage de temps qu'il n'aurait dû. Tous les membres du clan de Skatval avaient une âme méritant d'être sauvée. Pourtant, se répétait Kveldulf, gagner la fille du chef au culte du dieu de bonté ne pourrait que renforcer Phaos en ce lieu. Et elle n'aurait pu lui demander chose plus appropriée.

Les ans s'envolaient quand il plongeait en lui-même.

— J'étais un gamin dont la barbe ne poussait pas encore et je fus vendu comme esclave domestique :

dépouille de guerre videssienne. J'appris la langue de l'empire assez vite pour plaire à mon maître. C'était loin d'être le plus mauvais des hommes ; il me faisait travailler dur, mais il me nourrissait bien et ne me battait pas plus que je ne le méritais.

Les poils de sa moustache lui chatouillèrent les lèvres quand il grimaça un sourire forcé. En se rappelant certaines de ses plaisanteries, il jugeait à présent que Zoïlos était magnanime, bien que son avis eût été différent à l'époque.

— Comment pouvais-tu vivre... esclave ? (Skjaldvor frémit.) Ton peuple était libre. N'aurais-tu pas préféré perdre la vie plutôt que de vivre enchaîné ?

— Je ne portais pas de chaînes.

— C'était encore pire, lui dit-elle avec du mépris dans la voix. Tu es resté asservi alors que tu aurais pu... que tu aurais *dû*... t'enfuir ?

Elle lui tourna le dos. Sa longue jupe en laine tourbillonna autour d'elle, lui révélant un instant ses minces chevilles blanches.

— Comment aurais-je pu m'enfuir ? demanda-t-il en faisant de son mieux pour remplir sa voix de logique plutôt que de courroux. Skopentzana est bien loin du Halogaland, et je n'étais qu'un gamin. Et avant longtemps ma capture devint une bénédiction et non la souffrance que j'attendais.

Skjaldvor le regarda encore, les mains sur les hanches, cette fois-ci.

— Une bénédiction ? Es-tu malade ? Suivre les caprices d'un autre homme... plutôt mourir que de souffrir cela.

— Certes, répondit simplement Kveldulf.

Une esclave aussi jolie que Skjaldvor aurait dû très probablement suivre au lit les caprices d'un autre homme. Zoïlos, heureusement, n'avait pas acheté Kveldulf pour cela. Il secoua la tête pour en chasser cette pensée charnelle et continua :

— Mais tu m'as demandé comment je découvris Phaos. Si je n'avais été l'esclave de Zoïlos, je doute que ce bonheur m'eût été accordé. Il sortait souvent le matin et, un jour, je lui demandai où il allait. Il me dit qu'il priait au temple principal de Skopentzana et il voulut savoir si j'aimerais l'y accompagner.

— Et tu as dit oui ?

— Je dis oui. (Kveldulf éclata de rire en songeant à l'événement ancien.) Cela me semblait plus facile que de m'acquitter de mes corvées habituelles. Il me fit donc laver et donner une chemise moins miteuse que les autres, et je marchai sur ses talons jusqu'au temple. Nous entrâmes. Jamais je n'avais senti d'encens, auparavant. Puis je levai les yeux vers le dôme...

Sa voix mourut. A un quart de siècle de distance, il pouvait encore évoquer la crainte révérencielle qu'il avait éprouvée en s'envolant dans le dôme doré et en distinguant Phaos, sévère dans son jugement, en train de le fixer... lui seul apparemment, bien que le temple fût bondé... et de peser sa valeur. Le chœur des prêtres derrière l'autel avait alors élevé sa voix multiple exultante qui louait le seigneur à l'esprit grand et bon, puis...

Kveldulf se rappela qu'il était en train de parler.

— J'ignorais si j'étais encore sur terre ou dans les cieux. Je vis les saints hommes en soutane bleue qui vivaient avec le dieu de bonté le moindre moment de chaque jour de chaque année de leur vie, et je sus que je devais être de leur nombre. Le lendemain matin, ce fut moi qui demandai à Zoïlos si je pouvais l'accompagner, et non l'inverse, et je répétai l'opération chaque jour qui suivit. Au début, alors que j'avais voulu me reposer un peu, il avait espéré que j'étais pieux. Maintenant que je touchais vraiment à la piété, il me prenait pour un tire-au-flanc. Mais je continuai ; j'étais ivre du dieu de bonté. Une fois que j'eus trouvé Phaos, je ne souhaitais rien d'autre. Enfin, pas exactement : je souhaitais une chose de plus.

— Et de quoi s'agissait-il ?

Skjaldvor se pencha vers lui. Les chaînes d'argent qui reliaient les deux grosses broches qu'elle portait sur la poitrine tintèrent doucement (la forme de ces broches lui faisait penser à deux carapaces de tortue). Brutalement, il prit conscience de sa proximité.

Il n'en répondit pas moins, ainsi qu'il en avait eu l'intention.

— Je souhaitais que le dieu de bonté puisse m'accorder la faveur de conduire mon peuple natal hors des ténèbres de Skotos et dans la lumière de Phaos. Car ceux qui meurent sans connaître le seigneur à l'esprit grand et bon passeront assurément toute l'éternité dans les puits de glace de Skotos, destin qu'on ne peut souhaiter à aucun homme ou femme, Videssien ou Haloga, esclave ou libre.

— Oh !

Skjaldvor se redressa. Sa voix avait été un peu rauque, mais à présent elle devenait bizarrement monocorde. Elle l'étudia encore, comme si elle se demandait si elle devait continuer. Elle le fit donc.

— Je pensais que tu voulais dire que tu avais souhaité pouvoir connaître tous les plaisirs des autres hommes.

Kveldulf se sentit s'échauffer et il sut que sa peau claire rendait son embarras encore plus évident. Il vérifia si Skjaldvor s'empourprait également. Bien qu'elle fût plus blonde que lui, sa peau restait blanche. Elle se savait libre de dire tout ce qu'elle voulait, d'agir comme elle l'entendait. Il bégaya un peu en répondant :

— Je ne le pourrais sans rompre mes vœux, ce que je ne ferai jamais.

— Tu es bien bête, et c'est un beau gâchis, car tu n'es pas laid, dit-elle. Les autres hommes en soutane bleue sont moins stupides.

— Que veux-tu dire ?

— Tu ne le sais pas ? Est-il possible que tu l'ignores, à moins d'être sourd et aveugle ? Tes semblables sont loin de passer toutes leurs nuits seuls et isolés dans leurs tentes.

— Vraiment ? demanda Kveldulf, mais la satisfaction malicieuse qu'il lut sur son visage lui répondit par l'affirmative.

Le chagrin s'abattit sur lui mais ne le prit point par surprise. Il baissa la tête et traça le cercle du soleil sur son cœur.

— Tous les hommes peuvent pécher. Je prierai pour eux.

Elle le fixa avec incrédulité.

— C'est tout ?

— Que voudrais-tu que je fisse d'autre ? lui demanda-t-il avec une curiosité authentique.

— S'il n'y avait ta barbe, je croirais que les sudistes ont fait de toi un eunuque quand ils t'ont revêtu de leur soutane bleue. (Skjaldvor prit longuement son souffle et le relâcha en évasant les narines.) Qu'est-ce que je voudrais que tu fasses ? Ceci, pour commencer.

Elle s'avança entre ses bras et l'expression de Kveldulf aurait pu être celle d'un guerrier qui jauge son adversaire par-dessus son bouclier.

L'or des broches était palpable à travers sa soutane bleue, puis il sentit la chair ferme et souple derrière l'or. Il avait les bras ballants, mais cela n'avait aucune importance, car elle le tenait contre elle. Vu la sueur qui perlait sur son crâne et son front nus, le bois frais aurait pu être devenu brutalement un marigot tropical. Elle l'embrassa. Même un homme de pierre, une statue comme celles de la grand-place de Skopentzana, n'aurait pu demeurer insensible.

Elle recula et considéra non pas son visage rougissant, mais son aine pour vérifier l'effet qu'elle avait produit sur lui. Ledit effet n'était que trop visible, ce qui le fit s'empourprer davantage encore. Mais quand elle tendit la main pour ouvrir sa soutane, il l'écarta d'une tape.

— Non, par le dieu de bonté ! dit-il sèchement.

Ce fut le tour de Skjaldvor de rougir, mais de colère.

— Et pourquoi ? Les Videssiens ne se gênent pas ; pourquoi le ferais-tu, toi qui n'es pas de leur race, ni né dans leur religion.

— Leurs erreurs ne me forcent pas à les imiter. S'ils assassinaient au lieu de forniquer, me demanderais-tu de le faire également ?

— Comment quelque chose qui procure tant de joie pourrait-il être mal ?

Skjaldvor rejeta en arrière ses cheveux dorés, en signe de mépris devant cette idée.

— Cela est interdit aux prêtres de Phaos et c'est donc mal pour eux, déclara Kveldulf. Bien que je ne sois pas né dans la foi de Phaos, j'en suis un très digne fils adoptif. Quoi que je sois de par ma naissance, la maison de Phaos est celle où je demeurerai à tout jamais.

Tout ce qu'il disait était vrai ; il savait pourtant que c'était incomplet. En tant que fils adoptif de la maison de Phaos, il était soumis à une surveillance plus étroite que les Videssiens qui y pénétraient par droit de naissance : on pouvait leur pardonner les péchés qui le condamneraient, lui, l'étranger qui prétendait singer leurs coutumes. Un autre homme eût éprouvé du ressentiment et lutté contre cette morale à double aspect. Mais cela avait aiguillonné Kveldulf. Si l'on exigeait de lui une dévotion supplémentaire, il donnerait une dévotion supplémentaire.

— Tu ne veux pas ? demanda Skjaldvor.

— Je ne veux pas, répondit fermement Kveldulf.

Jamais depuis qu'il avait revêtu la soutane bleue il n'avait connu une telle tentation ; le souvenir de son corps imprimé contre lui, il le savait, resterait en lui jusqu'à son dernier souffle. Il palpitait encore de désir. Mais on apprenait aux prêtres à dominer leur chair. Il se répéta plusieurs fois la profession de foi de Phaos, se concentrant sur le dieu de bonté et non sur sa concupiscence, et cette dernière finit par faiblir.

Skjaldvor se rapprocha encore. Cette fois-ci, songea-t-il, il saurait se garder de son étreinte. Mais elle ne l'enlaça point. Vive comme un serpent, elle lui gifla la joue gauche, puis, du revers, la droite. Il apprécia cette douleur soudaine, qui finit de brûler ce qui restait de désir en lui.

— Puisse le seigneur à l'esprit grand et bon te garder dans son cœur jusqu'au jour où tu le placeras dans le tien, dit-il. Je prierai pour que ce jour soit proche, car tu sembles mieux disposée que la plupart des tiens dans l'apprentissage de sa foi.

Elle rejeta une nouvelle fois la tête en arrière et éclata de rire, son hideux malgré la douceur de sa voix. Puis elle lui cracha en plein visage.

— Voilà pour ton Phaos et sa foi. (Elle cracha encore.) Et voilà pour toi !

Elle pivota sur les talons et s'en fut furieusement.

Kveldulf ne bougea pas et la suivit du regard tandis que la salive chaude lui coulait sur la barbe. Tout doucement, il pencha la tête et cracha à son tour, entre ses pieds, traditionnelle conjuration videssienne de Skotos. Il récita une nouvelle fois la profession de foi de Phaos. Quand il eut fini, il revint lentement vers les tentes proches de la plage.

Skatval regardait la petite foule de fermiers et de bergers qui levaient les mains vers les cieux. Le son des prières qu'ils adressaient à Phaos l'atteignait faiblement. En dehors du nom du dieu videssien, les paroles étaient dans la langue haloga. Skatval avait déjà entendu des poèmes plus mauvais chantés par les bardes errants qui visitaient un chef de village après l'autre. « L'œuvre de Kveldulf, sans nul doute », songea-t-il ; le prêtre à la barbe blonde s'avérait un homme aux talents multiples.

Skjaldvor était absente du conclave de convertis. Pour cette faveur, Skatval lança ses propres prières de gratitude à ses dieux. Il n'avait posé aucune question sur ce qui se passait entre elle et Kveldulf, mais alors qu'elle se rendait auparavant à tous ses offices, le contemplait avec des yeux d'amoureuse transie, à présent la simple vue du prêtre lui durcissait le visage, le rendait haineux, et l'audition de son nom lui mettait des jurons sur les lèvres. Elle n'était plus en danger, elle ne rejoindrait pas Phaos.

Mais les prêtres de l'empire avaient gagné à leur foi davantage de personnes que ne l'aurait imaginé Skatval (en vérité, il avait cru que son peuple aurait rejeté Kveldulf et le reste avec des rires, sinon il les aurait occis à peine leurs pieds avaient-ils touché le sol). Cela l'inquiétait. Des adhérents à la foi de Videssos, cela signifiait d'autres prélats sur ses terres, ce qui signifiait... Skatval eut un grognement inarticulé. Il se dirigea d'un pas décidé vers l'assemblée en prière. Il allait montrer à son peuple ce que cela signifiait.

Kveldulf s'inclina courtoisement quand il se fut rapproché.

— Le dieu de bonté t'accorde la paix, Skatval-le-Vif. Puis-je espérer que tu te joignes à nous ?

— Non, répondit-il d'un ton mordant. Je veux te poser quelques questions.

Kveldulf s'inclina encore.

— Je t'en prie. La connaissance est la voie qui mène à la foi.

— La connaissance est un détour pour éviter le piège que tu as posé à l'intention de mon peuple, rétorqua Skatval. Supposons que certains d'entre nous adoptent ta foi, puis abandonnent ses rites. Qui décide lesquels de nous ont raison ?

— Les prêtres sont élevés depuis l'enfance dans les rites de Phaos, répondit Kveldulf. Les nouveaux venus peuvent-ils espérer les égaler dans la connaissance ?

Skatval fit une grimace. Le prêtre haloga... non, le Videssien blond, c'était ainsi qu'il fallait le considérer... ne lui facilitait pas la tâche. Mais le chef s'entêta.

— Supposons que les hommes en bleu ne soient pas d'accord, comme cela est possible, les hommes étant ce qu'ils sont ? Qui décide quelle est la voie que l'on doit suivre ?

— Les prélats qui sont leurs supérieurs, répondit Kveldulf, à présent prudent.

Skatval l'avait déjà sondé, mais toujours en privé, jamais devant son peuple.

— Et le prêtre que le jugement condamne ? S'il refuse de céder, devient-il hors-la-loi ?

— Hérétique, tel est le nom que nous donnons à ceux qui choisissent une doctrine fausse au lieu de celle qui a été ordonnée par les anciens. (Kveldulf réfléchit à la question, puis ajouta :) Non, il ne peut être mis hors la loi... excommunié est le terme employé au temple... car il a le droit de faire appel auprès du patriarche, le plus saint et le plus grand des prêtres, le chef de toute l'Église.

— Ah, le patriarche ! s'exclama Skatval comme si

c'était la première fois qu'il entendait parler d'un prélat suprême. Et où habite ce prince de la piété ?

— Dans la ville de Videssos, près du Grand Temple.

— Dans la ville de Videssos ? Sous la férule de l'avtokrator, veux-tu dire. (Si Skatval sourit, cela ressemblait plutôt à un lynx montrant ses crocs pendant la chasse.) Tu voudrais donc que nous nous soumettions au jugement de Stavrakios pour tout ce en quoi nous ne serions pas d'accord, n'est-ce pas ? (Il se tourna vers les convertis et les fouetta de ses paroles blessantes :) Je vous croyais des hommes libres et non des esclaves de Videssos par l'entremise du dieu de l'empire. Votre saint Kveldulf n'est que la pointe d'un coin, je vous mets en garde.

— C'est le patriarche qui dirige l'Église, non pas l'avtokrator, insista Kveldulf.

Derrière lui, ses collègues videssiens hochèrent vigoureusement la tête.

Skatval feignit de les ignorer ; sans Kveldulf, ils n'étaient rien, ici. Il lança à Kveldulf :

— Et si votre précieux patriarche vient à mourir, que se passe-t-il ?

— Les prélats se réunissent alors en conclave pour choisir son successeur.

Skatval l'admirait beaucoup ; sans mentir, il avait déformé la vérité à ses fins. Ses paroles auraient porté, face à de nombreux Halogaï, même des chefs. Mais Skatval, qui se méfiait plus que tout autre de l'empire, en avait appris à son sujet plus que quiconque.

— Par la vérité que tu as en ton dieu, Kveldulf, qui nomme les trois hommes parmi lesquels les prélats choisissent le patriarche ?

Un instant seulement, il vit la haine dans ces yeux bleus si semblables aux siens. Un instant seulement... et quand ils s'éclaircirent, ils s'éclaircirent pour de bon. Skatval vit aussi les prêtres videssiens qui avaient manifestement envie que Kveldulf mente. Mais quand il répondit enfin, sa voix était ferme, sinon basse :

— L'avtokrator nomme ces candidats.

— Là, vous voyez ? (Skatval se retourna vers les

convertis qui l'avaient entendu discuter avec Kveldulf.) Vous voyez ? Oui, suivez Phaos, s'il vous charme que l'avtokrator vous dise comment agir. Le Videssos n'a pas la force de nous conquérir par l'épée, aussi cherche-t-il à nous étrangler grâce à la soie arachnéenne tissée par son dieu. Et vous... vous cherchez à aider l'empire !

Il avait espéré qu'en forçant Kveldulf à admettre que la foi de Phaos était dominée par l'empereur, son peuple se détournerait du dieu videssien. Certes, deux ou trois hommes et femmes quittèrent l'assemblée en hochant la tête devant leur propre folie. Pour les Halogaï, l'autocratie de Videssos ressemblait à un territoire immense où l'on vivait dans les chaînes.

Mais davantage qu'il ne l'espérait restèrent là où ils étaient, attendant la réponse de Kveldulf. Le prêtre, bien trop malin au goût de Skatval, le nota également, et cela le renforça. Il répondit fièrement :

— Peu importe d'où vient la foi, mes amis, sa vérité demeure. Vous avez entendu la vérité des saintes écritures de Phaos, entendu mes piètres paroles, et l'avez acceptée de votre plein gré. En plus du salut de vos âmes qui se verrait compromis, vous en détourner à la demande de votre chef est assurément aussi asservissant que son affirmation imaginaire selon laquelle d'une certaine manière vous serviriez l'empire en acceptant le dieu de bonté.

Skatval serra les dents quand il vit plusieurs hommes qui branlaient sombrement du chef. Les gens cessèrent de quitter la prairie où le Haloga félon célébrait son office. Kveldulf n'exprima point le triomphe qu'il devait ressentir. Un Videssien eût agi de la sorte et perdu par là même ceux dont il avait recouvré le respect. Kveldulf se contenta de continuer le cérémonial comme s'il ne s'était rien passé : il était Haloga au fond du cœur et il savait que le geste paisible est le meurtrier le plus rapide.

Skatval partit à toute allure. S'entêter dans le débat n'aurait pu que lui faire perdre la face. Tandis qu'il s'enfonçait dans les bois, il faillit renverser Grimke fils de Grankel.

— Est-ce que tu viens aussi lier ton sort à celui de Phaos ? lança-t-il.

— Un homme peut observer un ennemi sans désirer se joindre à lui, répondit le serviteur des dieux halogaï.

— Au moins vois-tu en lui un ennemi : c'est davantage que ce que ces crânes vides n'ont remarqué, dit Skatval. Et un ennemi qui présente un danger mortel. (Il étrécit les yeux en regardant en direction de Kveldulf, qui chantait avec les convertis un autre hymne traduit.) Pourquoi ne mériterait-il donc pas un danger mortel ?

Grimke jeta un coup d'œil à l'épée qu'il portait à la ceinture.

— Tu aurais pu le lui procurer.

— Je le voulais, mais j'ai craint que cela ne lance tous ses fidèles sur la même voie. En revanche, si c'était toi qui tues les sudistes... et Kveldulf, leur cheval de bataille... grâce à la sorcellerie, tous verraient que nos dieux sont plus forts que celui qu'il vante tant.

Grimke le regarda fixement, puis il sourit.

— Cela pourrait se faire, ô chef.

— Alors fais-le. J'ai trop longtemps toléré ce traître parmi nous, suffisamment longtemps pour que sa traîtrise prenne racine. Comme je l'ai déjà dit, occire Kveldulf et ses Videssiens créerait davantage de perturbations. Mais tu n'irais pas jusqu'à le tuer purement et simplement, hein ?

— Non, pas simplement. (Le visage de Grimke reflétait une expression calculatrice où perçait l'impatience.) Hum... mieux vaudrait attendre minuit, quand le pouvoir de son dieu est au plus bas.

— Fais comme tu le juges approprié. En matière de magie, tu connais... (Skatval s'interrompit pour regarder fixement son sorcier.) Ce que tu as dit signifie-t-il que tu reconnais Phaos en tant que dieu authentique ?

— Voilà pour Phaos. (Grimke cracha entre ses pieds, comme le faisait un Videssien pour chasser Skotos.) Mais un dieu existe pour qui y croit véritablement, et cela peut suffire pour se garder de la sorcellerie. A choisir un sortilège, je préfère le plus simple. Et minuit est pour cela l'heure idéale.

— Fort bien, dit Skatval. Mais que ce soit cette nuit-ci.

Même à minuit, le ciel n'était pas totalement noir. Un rouge lugubre marquait le nord du ciel, suivant à la trace le soleil peu éloigné du sol. En regardant cette lueur, Skatval songea au sang. Seules quelques-unes des étoiles les plus brillantes perçaient la pénombre estivale.

Un petit feu crépitait. Au fur et à mesure, Grimke fils de Grankel l'alimentait de branchettes et d'autres substances moins facilement identifiables. La brise capricieuse expédia de la fumée vers le visage de Skatval. Il toussa et faillit suffoquer ; elle n'avait pas la saveur d'honnêtes flammes. Il faillit dire à Grimke de l'étouffer avec les pieds et d'écarter la sorcellerie.

Grimke plaça une coupe de *laut* dans le feu, qui s'enroula autour d'elle jusqu'à ce que les dieux et les bêtes sauvages sculptés en ronde-bosse semblent animés d'une vie propre. Skatval se frotta les yeux. Il connaissait les vibrations de chaleur, mais il ne s'agissait pas de cela. La coupe contenait une gelée épaisse. Quand elle commença à bouillonner et à entrer en effervescence, Grimke hocha la tête comme s'il était satisfait.

Il plaça au-dessus de la coupe deux tasses sculptées de la même manière, l'une emplie de sang (le sien et celui de Skatval), l'autre d'ale amère. Lentement, très lentement, il déversa les deux flots dans la coupe de *laut*.

— Chassez les intrus de notre terre, chassez-les vers la peur, chassez-les vers la mort, entonna-t-il. Comme notre sang est brûlé, trouvez pour eux un sort amer comme cette bière. Puissent-ils connaître la souffrance, la honte, puissent-ils oublier leur dieu et s'enfoncer dans leurs tombeaux.

Riche en assonances et en allitérations, l'incantation continuait, monotone. Les poils se hérissèrent sur l'avant-bras et la nuque de Skatval ; bien que le sortilège ne lui fût pas destiné, il en ressentait la force, il le subissait et il fut envahi par la peur. Les dieux des Halogaï étaient froids et inflexibles, comme la terre sur laquelle ils régnaient. Tandis que Grimke les poussait à utiliser leur pouvoir, Skatval se demanda un instant si

Phaos ne serait pas un maître plus doux et plus sécurisant pour son peuple. Il refoula cette pensée en espérant que ses dieux ne l'avaient pas vue.

Il était trop tard pour les regrets. La voix de Grimke s'élevait, devenait presque un cri. Et d'autres cris, plus lointains, lui répondirent dans les tentes où logeaient les prêtres. En entendant l'horreur de ces hurlements, Skatval se demanda encore s'il n'aurait pas dû choisir Phaos. Il secoua la tête. Phaos serait peut-être un bon maître pour son peuple, mais pas l'avtokrator Stavrakios, et l'un n'allait pas sans l'autre.

Grimke fils de Grankel déposa les tasses en argent. Les flammes vacillantes révélaient la sueur qui lui coulait sur le visage, les rides rudes creusées du nez jusqu'à la commissure des lèvres. La voix lente et rauque de lassitude, il annonça :

— Ce que la magie peut accomplir, la magie vient de l'accomplir.

Kveldulf se réveilla après une nuit remplie de cauchemars terrifiants. Le soleil qui brillait à travers le côté de sa tente lui fit pousser un soupir de soulagement, comme s'il ne possédait aucun droit de le voir. Il hocha la tête avec le sentiment qu'il était déraisonnable. Les rêves n'étaient que des rêves, tout effrayants qu'ils fussent : quand se levait le soleil, ils disparaissaient. Mais ceux-ci se refusèrent à s'évaporer.

Il avait dormi en soutane. Il en resserra la ceinture et sortit offrir ses prières matinales au soleil, symbole de son dieu. Tzoumas, Néphon et Antilas restaient dans leurs tentes. *Quels flemmards*, songea-t-il en levant les mains vers les cieux.

— Nous te bénissons, Phaos, seigneur à l'esprit grand et bon...

Du coin de l'œil, il vit Skatval qui se précipitait vers lui, mais il ne prêta pas vraiment attention au chef avant d'avoir terminé ses dévotions.

— Tu es en vie ! s'écria Skatval comme si c'était un crime impardonnable.

— Certes, oui, dit Kveldulf en souriant. Le dieu de bonté m'a permis de traverser une nouvelle nuit.

Serais-je si âgé que cette pensée puisse te remplir de surprise ?

— Examine un peu tes camarades, ordonna Skatval en continuant de le regarder fixement.

— Je ne voudrais pas les déranger dans leur repos, dit Kveldulf.

Tzoumas, en particulier, avait tout d'un ours mal léché s'il n'avait pas passé une bonne nuit.

— Examine-les donc ! répéta Skatval, si férocement que Kveldulf dut obéir.

Il s'approcha de la tente de Néphon, tira le rabat qui la fermait et passa la tête à l'intérieur. Un instant plus tard, il la ressortait, et il avait le visage pâle et l'estomac retourné. Comme doués d'une vie propre, ses doigts tracèrent le cercle solaire de Phaos. Il alla jusqu'aux tentes d'Antilas et de Tzoumas, dans l'espoir de voir un spectacle plus rassurant, mais il ne trouva chaque fois qu'une mort hideuse, la terreur gravée à tout jamais sur les traits des prêtres.

Il se tourna vers Skatval.

— Pourquoi m'avoir épargné ? J'aurais préféré mourir avec mes compagnons.

Il savait que le chef n'était pas favorable à sa foi, mais il n'avait pas imaginé qu'il éprouvait une haine telle qu'il pût... agir ainsi à l'encontre des Videssiens. Selon ses propres critères, Skatval semblait être un homme raisonnable. Mais quelle était la raison de tout ceci ?

Skatval la lui fournit.

— Les dieux savent que j'espérais que la sorcellerie de Grimke te saisisse également, toi plus que n'importe lequel. Sans toi, ils n'étaient rien ; seul, tu demeures un ennemi mortel pour tout ce que je chéris : plus mortel encore, car tu as survécu. Peut-être pourrais-je vivre avec ton dieu, ou supporter que mon peuple le fasse. Mais avec Phaos tu amènes Stavrakios, et cela je le refuse. Fuis, à présent, Kveldulf, tant qu'il te reste la vie, si tu veux encore la garder.

Lentement, Kveldulf hocha la tête. Il savait que Skatval disait en partie la vérité ; les chuchotements surpris parmi les hiérarques videssiens le confirmaient. Sous l'un de ses aspects, la foi de Phaos était le gant à l'intérieur duquel se déplaçait la main de l'État impérial. Si les Halogaï servaient Phaos, un jour peut-être ils serviraient aussi Stavrakios ou ses successeurs.

Mais ce n'était pas ce côté de la religion qui avait attiré Kveldulf. Il croyait de toute son âme dans le seigneur à l'esprit grand et bon, il croyait que d'autres avaient besoin de cette foi pour le salut de leur âme, il croyait que la plupart des membres de son peuple d'origine étaient restés trop longtemps spirituellement aveugles, qu'un trop grand nombre souffraient éternellement dans les glaces de Skotos parce qu'ils ne connaissaient pas Phaos. Le fait que le dieu de bonté l'eût distingué pour conduire les Halogaï dans la lumière l'emplissait d'une joie sacrée qu'il n'avait pas connue depuis le jour où il avait posé les yeux sur Phaos dans le temple de Skopentzana.

Il secoua encore la tête et répondit :

— Je ne fuirai point, Skatval. Je te l'ai déjà dit quand je suis arrivé ici. Tu peux m'occire, mais tant qu'il me restera un souffle, je continuerai de glorifier Phaos devant ton peuple. Le dieu de bonté l'exige de moi. Il est mon bouclier, mon protecteur face à tout mal ; si je meurs ici, il recevra mon âme.

A sa grande surprise, Skatval se contenta d'exploser de rire.

— Tu peux adorer le dieu sudiste, mais ton âme est haloga. Nous sommes opiniâtres, et non sournois et subtils comme les Videssiens. Ces trois prêtres morts dans leurs tentes m'auraient servi toutes sortes de mensonges, puis ils auraient essayé des échappatoires pour s'en tirer. Tel fut depuis des siècles le procédé de Videssos.

— Ce n'est point le mien, répondit simplement Kveldulf.

— Je l'ai bien vu. (Les yeux de Skatval s'étrécirent, s'aiguisèrent et finirent par percer Kveldulf comme deux lames trempées.) Et il est aussi probable que tu survivras. Oh, je ne nierai point que ces Videssiens servaient leur dieu...

— Mon dieu, l'interrompit Kveldulf.

— Comme tu voudras. Ils le servaient, à leur façon, mais ils servaient également Stavrakios. Quant à toi, tu débordes à ce point de ton Phaos qu'il ne te reste plus de place pour autre chose. C'est pour cela que ta foi t'a sauvé, alors que la leur, qui était plus mince, n'a pu les protéger.

— Cela se peut fort bien.

Kveldulf se rappela la manière dont Skjaldvor s'était moquée en annonçant que les trois prêtres videssiens ignoraient leur vœu de célibat. Le souvenir de Skjaldvor lui rappela aussi son corps serré contre le sien, et sa virilité qui se dressait sous le désir.

— Je ne suis pas un très saint homme, que pourront vénérer les générations à venir. Je souffre d'autant de péchés que quiconque, malgré mes efforts pour les combattre.

— A qui est-il donné de son vivant de savoir comment le jugeront les générations à venir ? Nous faisons ce que nous voulons, dans le temps dont nous disposons. Parmi les hommes, cela suffit ; les dieux seuls voient comment s'entrelacent nos desseins.

— Là, pour une fois, hormis le choix des mots, je suis d'accord avec toi.

Kveldulf se surprit à s'incliner devant Skatval comme il l'eût fait devant un supérieur ecclésiastique. Il distinguait plus clairement qu'auparavant que le chef haloga luttait aussi pour un mode de vie qu'il estimait juste. Cela attrista Kveldulf, car il avait toujours cru que ceux qui se refusaient à suivre Phaos ne possédaient aucun honneur d'aucune sorte. Pourtant, il demeurait convaincu que sa voie était la meilleure, qu'elle était vraie.

— Hormis le choix de nos religions, nous aurions pu être amis, toi et moi.

— Peut-être, bien que ton inflexible honnêteté fasse de toi un allié dangereux : tu es aussi tranchant qu'une épée sans fourreau. (Skatval se frotta le menton en réfléchissant.) La chose est encore possible. Que penses-tu de ceci ? Au lieu de nous demander de rejeter nos dieux, lâche ton Phaos, laisse pousser tes cheveux et passe le restant de tes jours en Haloga... ainsi que ta naissance en avait décidé.

Kveldulf secoua la tête, bien qu'il fût stupéfait par la tristesse qui montait en lui.

— Dis à mon cœur de cesser de battre avant de me demander d'abandonner le seigneur à l'esprit grand et bon.

— Si tu ne le fais pas, ton cœur va cesser de battre pour de bon.

Skatval caressa le pommeau de son épée.

Kveldulf s'inclina de nouveau.

— S'il le faut, qu'il en soit ainsi. Je ne fuirai point, je n'abjurerai point. Fais de moi ce que tu veux. Mon destin repose entre les mains de Phaos.

— Je ne voudrais pas occire un homme que j'admire, mais je le ferai s'il le faut. (Skatval poussa un soupir.) Comme je l'ai dit, tu es des nôtres par le sang. Nombreux sont les hardis guerriers chantés par nos bardes qui préférèrent la mort à la retraite.

— Je me souviens de ces chansons de mon enfance, acquiesça Kveldulf en hochant la tête. Mais la foi de Phaos possède aussi ses martyrs, des Videssiens qui abandonnèrent tout pour le dieu de bonté, et j'accepterais avec joie de compter parmi eux. Me donneras-tu une pelle, Skatval, afin que je puisse enterrer mes amis ?

— Oui. Et... Kveldulf...

— Oui ?

— Creuse également une quatrième tombe.

Portant heaume et haubert, l'épieu à la hampe en frêne tendu, Skatval s'avançait vers la réunion sur le champ. Une demi-douzaine d'hommes choisis, pareillement armés et cuirassés, martelaient le sol derrière lui. L'un d'eux avait également un morceau de corde. Kveldulf avait dû les voir, mais il continuait son prêche. A en juger d'après son attitude, il aurait pu s'imaginer qu'ils étaient venus se joindre aux convertis.

Rapidement, avertis peut-être par les broignes qui tintaient, certains des fidèles s'écartèrent de Kveldulf. Aucun d'entre eux ne portait de cotte de mailles, n'était armé pour combattre. Cela ne les empêcha point de former un cercle autour du prêtre ; ceux qui avaient des poignards les tirèrent. Skatval serra les mâchoires. Tuer le prêtre était une chose, mais lutter contre son peuple en était une toute différente.

— Éloignez-vous, ordonna-t-il. (Ni les hommes ni les femmes ne bougèrent.) Êtes-vous des moineaux, pour servir la progéniture de coucou placée parmi nous par Stavrakios ?

— C'est un saint homme, un homme bon, répondit Kalmar fils de Sverre, un excellent fermier, qui était loin d'être un mauvais homme pour sa part.

— Je n'en disconviendrai pas, annonça Skatval, ce qui prit par surprise plus d'un des gardes de Kveldulf. (Il continua :) Cela ne fait qu'accroître le danger pour tout ce qui est nôtre. Demandez-le-lui, si vous ne me croyez pas. (Sa voix se durcit.) Allez-y, posez-lui la question.

Si aucun des convertis ne bougea, tous regardèrent Kveldulf. L'homme en soutane bleue fixait Skatval. Sans manifester la moindre crainte, il traça le signe solaire, puis porta son poing droit sur le cœur, le traditionnel salut militaire videssien.

— Skatval dit la vérité. Une fois le seigneur à l'esprit grand et bon en votre cœur, vous ne pourrez rester ce que vous étiez. Sa vérité fera fondre l'erreur dans votre esprit, de même que le soleil estival tue les neiges de Halogaland.

— De sa propre bouche il se dit notre ennemi. Le laisseriez-vous vous transformer en poules mouillées sudistes ?

— Kveldulf n'est pas une poule mouillée, dit fermement Kalmar.

Son poignard était baissé, prêt à entrer en contact avec ceux qui savaient user des lames courtes. Mais certains quittèrent le cercle de fidèles et se placèrent de côté pour assister à la suite des événements.

Kveldulf déclara :

— Je ne voudrais pas que des frères répandent leur sang. Écartez-vous ; j'ai dit à Skatval que je ne fuirais point. Phaos me recevra en son palais ; le monde à venir sera plus agréable que celui dans lequel nous vivons aujourd'hui. Si votre chef veut m'y envoyer, je suis prêt.

— Mais, vénéré seigneur... protesta Kalmar.

Kveldulf secoua la tête. Le fils de Sverre marmotta un terme qui fit le tour du cercle de convertis. Skatval l'entendit également.

— Il a une vision de l'au-delà. L'au-delà.

Kalmar regarda de nouveau en direction de Kveldulf. Celui-ci hocha encore la tête. Les larmes aux yeux, Kalmar remit son poignard à sa ceinture et fit un pas de côté. Graduellement, les autres fidèles se déplacèrent à droite et à gauche, et il ne resta plus personne entre Kveldulf et Skatval.

Le chef parla aux hommes derrière lui.

— Nous allons l'emmener jusqu'aux arbres et l'attacher.

— Cela sera inutile, dit Kveldulf. (Il avait pâli, mais sa voix était toujours ferme.) J'ai dit que je ne fuirais point et je le pensais. Agissez comme vous l'entendez et terminez-en.

— L'inverse serait plus facile, prêtre, dit Skatval, dubitatif.

— Non. Il est inutile de m'attacher pour montrer que j'offre volontiers ma vie au seigneur à l'esprit grand et bon ; j'agis de mon plein gré. (Kveldulf s'arrêta le temps d'une longue respiration.) Mais je requiers une faveur après ma mort.

— Si celle-ci ne fait aucun mal aux miens.

— Placez ma tête dans un sac rempli de saumure, comme s'il s'agissait d'un maquereau mis à saler pendant l'hiver, et remettez-la entre les mains du capitaine du premier bateau videssien qui pénétrera dans le Lygraffjord.

Skatval se caressa la barbe en réfléchissant. Stavrakios risquait de prendre le retour d'une telle relique comme prétexte pour la guerre, mais il était vrai que Stavrakios n'était pas homme à attendre un prétexte pour combattre. Le chef hocha la tête.

— Il en sera ainsi que tu le désires... tu as ma parole.

— Frappez donc. (Kveldulf leva les mains et les yeux vers le ciel.) Nous te bénissons, Phaos, seigneur à l'esprit grand et bon, qui veilles sur...

Skatval frappa de toutes les forces qui l'habitaient, pour accorder à Kveldulf une fin aussi rapide que possible. La pointe de l'épieu ressortit dans le dos de la soutane bleue. Le prêtre continua de prier en s'écroulant. Les fidèles de Skatval enfoncèrent leurs armes dans la dépouille à terre. Du sang perlait à la commissure des lèvres. Il se tortilla, eut un sursaut et s'immobilisa.

Avec lassitude, Skatval se tourna vers les convertis qui avaient assisté au meurtre.

— C'est terminé. Rentrez chez vous ; allez travailler. Vous voyez quels sont les dieux les plus puissants. Adoreriez-vous celui qui permet que soient tués comme des porcs ceux qui le vénèrent ? Ce Phaos convient parfaitement aux Videssiens, qui servent les nobles et l'avtokrator comme des esclaves. Il nous faut un dieu qui prépare ses fidèles à la bataille, comme il se doit pour tout bon Haloga. (Il verrouilla ses yeux sur ceux de Kalmar.) Penserais-tu autrement ?

Kalmar affronta son regard sans faiblir, comme l'avait fait Kveldulf avant lui. Il finit toutefois par baisser les yeux vers le cadavre de Kveldulf et par pousser un soupir.

— Non, Skatval ; tu as raison.

Sombre mais satisfait, Skatval lâcha également un soupir. Un murmure grave s'éleva du restant des convertis quand ils entendirent Kalmar reconnaître le pouvoir des anciens dieux halogaï. Eux aussi contemplèrent longuement Kveldulf allongé dans sa mare de sang. Deux femmes hésitantes firent le signe du cercle solaire. Mais la plupart s'éloignèrent lentement du champ où ils s'étaient livrés à leurs dévotions. Skatval ne souriait pas, du moins pas ouvertement. Dans un an jour pour jour, à l'instar d'une chanson inventée pour l'été que l'on écarte par la suite, la brève incartade de son peuple auprès de Phaos serait oubliée.

Satisfait de la tournure qu'avaient enfin pris les événements, il ordonna à deux de ses hommes :

— Vasa, Hoël, prenez-le par les chevilles et traînez-le jusqu'au trou qu'il a creusé. Mais tranchez-lui la tête avant de l'y jeter ; une promesse est une promesse.

— Oui, Skatval, dirent-ils à l'unisson, avec plus de respect encore qu'ils n'en avaient jamais manifesté : avec presque autant de déférence que s'il était Stavrakios de Videssos, seul avtokrator d'un puissant empire, et non Skatval-le-Vif de Halogaland, l'un de nombreux chefs insignifiants qui ne cessaient de se quereller. L'impression de puissance, aussi forte et douce qu'un vin du Sud, lui gonfla la poitrine et mit de la fierté dans son pas quand il remonta le sentier conduisant à sa maison.

Mais quand Skjaldvor avisa le sang brillant sur l'épieu, elle sortit en pleurant et courut jusque dans le jardin et les bois. Il la suivit du regard en se grattant la tête. Puis il ficha plusieurs fois la pointe de l'épieu dans le sol pour la nettoyer et la sécha avec un bout de tissu pour qu'elle ne rouille pas.

— Allez comprendre les femmes, grommela-t-il.

Il appuya l'épieu contre le mur en torchis de la longue-maison, ouvrit la porte et hocha la tête à l'adresse de sa femme.

— Voilà, je suis de retour, annonça-t-il.

(The Decoy Duck)

LA RÉVOLTE DES FÉES DRAGÉES

Mike RESNICK

Arthur Crumm ne croyait pas aux leprechauns.

Il ne croyait pas non plus aux centaures.

Il ne croyait pas davantage aux gobelins, aux goules, aux gorgones, ou à tout ce qui pouvait commencer par un *G*. Oh ! vous pouvez ajouter le *H* à la liste : il ne croyait pas non plus aux harpies ni aux hobbits.

En fait, on aurait pu écrire un livre énorme sur toutes les créatures auxquelles il ne croyait pas. Mais il aurait fallu laisser un nom de côté : celui des fées Dragées.

Ça, il y croyait.

Bien entendu, il n'avait pas le choix. Sa cave en était remplie. Ils étaient de teintes variées dans les bleus, aucun d'eux ne faisait plus de quarante-cinq centimètres et ils possédaient tous une voix haut perchée, stridente, qui aurait plongé ses chats dans une rage folle s'il avait eu des chats. Ils étaient dotés de grands yeux ronds, un peu comme s'ils avaient été dessinés par un spécialiste de la peinture d'enfants sur velours noir ; leur nez ressemblait à un petit bouton ; chacun d'eux avait une petite bedaine ; et ils étaient habillés comme s'ils étaient sur le point d'être présentés à la reine Elizabeth. Ils avaient un air mignon à croquer et, quand ils parlaient, Mickey Mouse ressemblait à un baryton... mais ils n'avaient que le meurtre en tête.

Ils étaient dans le sous-sol d'Arthur depuis moins d'une heure et il parvenait déjà à les distinguer les uns des autres, ce qui est plus difficile que vous ne pouvez l'imaginer, car ce n'était qu'un tas de minuscules fées Dragées bleus. Il y avait Campanule, qui donnait l'impression d'être le gaucho du groupe. Il y avait Indigo, à l'accent espagnol, le vieil Aubépin, l'archi-conservateur, Pourpré, le politicien, Tache-d'Encre, qui parlait argot comme pas un. Bleu-Roi semblait être le chef et il y avait aussi Saint-Louis-Blues, qui restait dans son coin à jouer tout seul de son saxophone désenchanté mais minuscule.

— Vous savez, les gars, je ne comprends toujours pas comment vous êtes arrivés ici, disait Arthur.

D'accord, la plupart des gens n'ont pas tellement tendance à s'asseoir sur l'escalier de leur cave pour bavarder avec un tas de fées Dragées, mais Arthur était pragmatique de nature. Leur présence ne pouvait signifier qu'une chose : soit il était fou à lier, soit sa maison était infestée par des fées Dragées. Et comme il ne se sentait pas fou du tout, il avait décidé de supposer qu'il se trouvait dans le second cas.

— Je n'arrête pas de te l'expliquer : nous sommes venus ici par quadrature inter-dimensionnelle, lança Campanule. Ouvre donc tes oreilles, crâne de piaf !

— Ce n'est pas une façon de s'adresser à notre hôte, fit Pourpré sur un ton apaisant.

— Un hôte, mon œil ! répondit Campanule. S'il était un hôte convenable, il nous libérerait. C'est notre ravisseur.

— Moi, je ne vous ai pas capturés, fit doucement remarquer Arthur. Je suis descendu ici et je vous ai tous trouvés collés au sol.

— Ça, c'est parce qu'une partie du Pepsi que tu avais stocké a fui, répliqua Campanule. Qu'est-ce que c'est que ces manières de garder des bouteilles de soda défectueuses dans sa cave ?

— Tu aurais quand même pu mettre de la moquette, ajouta Aubépin. Non seulement ça colle, mais c'est *glacial.*

— A présent, libère-nous, que nous puissions exercer notre inflexible et terrible vengeance, continua Campanule.

— A *mon* encontre ? demanda Arthur.

— Tu es un porteur d'épieu insignifiant dans la parade de notre vie, déclara Bleu-Roi. Notre vocation est bien plus haute.

— Exact, mec, enchaîna Tache-d'Encre. Tu nous libères et peut-être qu'on te fera pas la peau, pigé ?

— J'ai l'impression que si je ne vous libère *pas*, vous ne me ferez pas la peau non plus, rétorqua Arthur.

— Vous voyez ? fit Indigo, furieux. Je vous l'ai répété et répété : on ne peut pas se fier aux gringos !

— Si vous n'aimez pas les gringos, pourquoi avoir choisi *ma* cave ?

— Eh bien, euh, on ne l'a pas exactement *choisie,* répondit Bleu-Roi, mal à l'aise.

— Alors, comment êtes-vous arrivés ici ?

— Par quadrature inter-dimensionnelle, petite tête ! lança Campanule, qui venait de réussir à sortir les pieds de ses chaussures pour se retrouver collé au sol juste à côté.

— Tu n'arrêtes pas de répéter ça. Mais ça ne me dit rien du tout.

— Et alors, c'est ma faute, si tu es un illettré en science ? voulut savoir Campanule en se saisissant de son pied gauche et en tirant violemment dessus, mais en vain.

— Explique-moi ça autrement, suggéra Arthur, tandis que Campanule s'efforçait sans succès de déplacer encore les pieds.

— Attends, je vais essayer, dit Aubépin. (Il tourna la tête pour regarder Arthur.) Nous avons activé le théorème de déplacement spatio-temporel McLennon-Whittaker, mais nous n'avons pas pris en compte les variables de Helmhiser ni le principe d'incertitude de Kobernykov. (Il marqua un temps d'arrêt.) Là. Ça va mieux ?

— Guère, admit Arthur.

— Quelle différence cela fait-il ? demanda Bleu-Roi. Nous sommes arrivés et il n'y a que ça qui compte.

— Je n'ai pas très bien saisi pourquoi vous êtes ici, s'entêta Arthur.

— C'est une question de fierté raciale, répondit Bleu-Roi avec une certaine dignité.

Arthur se gratta la tête.
— Vous êtes fiers de vous trouver collés au sol de ma cave ?
— Non, bien sûr que non, fit Aubépin, irrité. Nous sommes ici pour défendre notre honneur.
— Comment cela ?
— Nous avons élaboré une campagne de pillage, de destruction et de vengeance, expliqua Bleu-Roi. Le monde entier tremblera devant nous. Les hommes les plus vigoureux se pâmeront, les femmes et les enfants se cacheront derrière leurs portes verrouillées et les animaux eux-mêmes déguerpiront pour s'écarter de notre chemin.
— Un tas de fées Dragées qui n'arrivent même pas à décoller leurs pieds du sol ? fit Arthur en gloussant.
— Ne nous sous-estime pas, dit Campanule de sa voix de fausset. Les fées Dragées sont des durs. Nous sommes capables de terroriser des villes entières. (Il fit une grimace.) Du moins, nous le serions si nous pouvions dégager nos pieds.
— Et c'est vous sept qui constituez l'avant-garde ?
— Quelle avant-garde ? Nous sommes la totalité des forces d'invasion.
— Des forces d'invasions constituées de sept malheureux fées Dragées ? répéta Arthur.
— Tu n'as donc jamais vu *Les Sept Mercenaires* ? demanda Bleu-Roi. Yul Brynner n'a pas eu besoin de plus de sept pistoleros pour pacifier cette ville mexicaine.
— Et Toshiro Mifune n'avait que sept hommes dans *Les Sept Samouraïs*, enchaîna Campanule.
— Sept est un nombre manifestement mystique et d'une grande puissance spirituelle, déclara Pourpré.
— D'ailleurs, personne d'autre n'a voulu venir, ajouta Aubépin.
— Est-ce que quelqu'un a songé à vous signaler que vous n'êtes ni sept samouraïs ni sept pistoleros ? demanda Arthur. Vous n'êtes malheureusement que sept fées Dragées minuscules, ventripotents et totalement impuissants.

— Hé, mon gars, lança Tache-d'Encre. On est peut-être petits, mais on est nerveux.

— Ouais, ajouta Indigo. On tranche quelques gorges, on regarde quelques vidéos pornos, puis on rentre chez nous.

— Si on retrouve notre chemin pour ça, ajouta Aubépin.

— Nous avons essayé d'envahir le monde à ta manière, et tu vois où ça nous a conduits, fit Campanule d'un ton irrité. Pour rentrer, on prendra la deuxième étoile à droite.

— Ce ne sont là que contes de bonnes femmes, protesta Pourpré.

— Ouais, repartit Campanule. Et toi, comment tu ferais ?

— C'est simple. On ferme les yeux, on claque les talons l'un contre l'autre à trois reprises et on dit : « On est toujours mieux chez soi », répondit Pourpré. N'importe quel idiot sait ça.

— C'est qui, que tu traites d'idiot ? voulut savoir Campanule.

— Euh... je ne voudrais pas m'immiscer dans votre discussion, fit Arthur, mais j'ai l'impression que vous êtes tous deux victimes de doctrines erronées.

— D'accord, petit malin ! croassa Campanule. Comment t'y prendrais-tu ?

Arthur haussa les épaules.

— Je n'ai pas la moindre idée d'où vous venez.

— Du Pays des fées Dragées, bien entendu ! Quel abruti tu fais !

— Oh, il m'arrive d'être assez abruti, lui accorda Arthur. Mais je ne l'ai jamais été suffisamment pour rester collé au sol d'une cave dans un monde étranger sans savoir comment rentrer chez moi.

— Très bien, admit Campanule à contrecœur. On a un petit problème. Mais n'en fais pas une affaire d'État.

— Veille à m'avertir quand vous aurez un *gros* problème, lui demanda Arthur. Cela me confond l'imagination.

— T'arrêtes de te moquer de nous, gringo, fit Indigo, sinon on t'ajoutera à notre liste.

— La liste des gens que vous avez prévu de tuer ?
— Tu as saisi, hombre.
— Simple curiosité : quelle est la longueur de cette liste ?
— Eh bien, répondit Bleu-Roi, jusqu'à présent, grosso modo, pour ainsi dire, nous arrivons à trois.
— Et de qui s'agit-il ? demanda Arthur, curieux.
— Le numéro un sur notre liste, c'est Walt Disney, répondit Bleu-Roi avec fermeté.
— Et les deux autres ?
— Ce chorégraphe... comment s'appelait-il ?... oh, oui, Petipa. Et le compositeur russe Tchaïkovski.
— Qu'est-ce qu'ils ont bien pu vous faire ?
— Ils ont fait de nous des objets de dérision, répondit Campanule. Pour Disney, on était mignons à croquer dans *Fantasia* et Petipa nous a fait danser sur la pointe des pieds dans *Casse-Noisette.* Comment espérer donner une bonne éducation à nos gosses si nous avons une image pareille ? Nos femmes gloussent quand elles devraient se pâmer. Nos enfants nous répondent. Nos ennemis ne nous prêtent absolument aucune attention quand nous assiégeons leurs villes. (Le petit lutin s'arrêta pour reprendre son souffle.) Nous avions averti ce Russki de ce qui lui arriverait s'il ne changeait pas ça en *Marche des fées Dragées.* A présent, il va payer pour son forfait !
— Je ne sais pas trop comment vous présenter ça, mais ils sont morts tous les trois.
Saint-Louis-Blues se mit immédiatement à jouer au sax *Happy days are here again* en version jazz.
— Arrête un peu ! couina Campanule avec fureur.
— Qu'est-ce qu'il y a, mec ? demanda Saint-Louis-Blues.
— Nous n'avons pas lieu de nous réjouir ! Notre juste et terrible vengeance nous a échappé !
— S'ils avaient tous la taille de ce gaillard, signala Saint-Louis-Blues en indiquant Arthur, on n'aurait pas pu aller bien plus loin que leur mordre le gros orteil, de toute façon.
Il se remit à jouer de son instrument.

— Alors, qu'est-ce qu'on va faire ? demanda Campanule dans un gémissement plaintif. On ne peut quand même pas être venus pour rien !

— Peut-être pourrions-nous tuer le fils premier-né de chacun d'eux, suggéra Pourpré. Ça a un joli petit côté religieux.

— Et si nous rentrions chez nous ? proposa Bleu-Roi.

— Jamais ! explosa Campanule. On joue toujours le ballet, on écoute toujours la symphonie, on passe toujours le film !

— En 70 millimètres, à présent, ajouta Arthur pour se rendre utile.

— Mais comment pouvons-nous les arrêter ?

— Sans doute devrons-nous tuer tous les musiciens et les danseurs de ce monde, et détruire toutes les copies du film, dit Aubépin.

— Parfait ! lâcha Campanule. En route !

Personne ne bougea.

— Arthur, vieil ami, dit Pourpré. Je me demande si nous pourrions faire appel à toi, en tant que l'un des survivants potentiels de notre imminente et sanglante guerre de conquête, pour nous décoller d'ici.

Arthur poussa un soupir.

— Je ne crois pas.

— Et pourquoi ? demanda Bleu-Roi. Nous t'avons dit tout ce que tu désirais savoir, et tu n'es *pas encore* sur notre liste.

— Ce serait un meurtre.

— Les définitions changent, quand on est en état de guerre, répliqua Pourpré. Nous ne nous considérons pas comme des meurtriers.

Arthur secoua la tête.

— Vous ne comprenez pas. Ce sont eux qui vous tueraient.

— Ridicule ! coassa Campanule.

— Risible, ajouta Aubépin.

— Est-ce que vous avez des armes ? demanda Arthur.

— Non, admit Campanule. Mais nous avons beaucoup de cran. Nous ne craignons absolument personne.

— Enfin, ce n'est pas tout à fait exact, dit Pourpré

après quelques instants de réflexion. Personnellement, j'ai une peur bleue des banshees, des monstres des douves et des niveaux de cholestérol élevés.

— Moi, j'ai le vertige, ajouta Bleu-Royal. Et je n'aime pas tellement le noir.

Tous les fées Dragées ne tardèrent pas à débiter de longues listes de tout ce qui les terrorisait.

— Disons donc que certains d'entre nous ont à peine peur de quoi que ce soit, à quelques exceptions près, reprit Campanule d'une voix hésitante. Et le restant d'entre nous peut se montrer hardi et courageux dans certaines situations extrêmement précises.

— Si j'étais vous, je ferais mes valises et je rentrerais chez moi, annonça Arthur.

— On ne peut pas ! s'exclama Campanule. Même si nous savions comment faire, nous ne pourrions affronter les nôtres et leur dire que notre mission fut un échec, que nous ne sommes même pas arrivés à sortir de ta cave.

— Je sais que tu prends nos intérêts à cœur, Arthur, ajouta Aubépin. Mais nous avons notre fierté.

— Ainsi donc, conclut Bleu-Roi, si tu voulais bien nous aider à nous libérer, nous pourrions partir en ne laissant dans notre sillage qu'une modeste traînée de mort et de destruction.

Arthur secoua la tête.

— Vous faites tout de travers.

— Qu'est-ce que tu sais des guerres de vengeance cataclysmiques ?

— Rien, admit Arthur.

— Alors, ce sera tout.

— Mais je sais fort bien que tuer un tas de gens, même si vous en aviez le pouvoir, n'empêcherait pas *Fantasia* d'être remis en circuit tous les deux ans.

— C'est toi qui le dis, rétorqua Campanule avec plus de conviction qu'il n'en éprouvait.

— C'est ce que je sais. (Arthur marqua un temps d'arrêt.) Écoutez, je ne sais pas pour quelle raison je voudrais vous aider, hormis le fait que vous êtes mignons tout plein... (Les sept fées émirent alors des grognements aigus.)... et je ne pense pas que je croie vraiment en vous, de toute façon. Mais si c'était moi qui planifie l'opération, continua-t-il, je m'introduirais dans l'ordinateur de distribution de chez Disney pour rappeler toutes les copies de *Fantasia*. Ce que je veux dire, c'est que c'est quand même bien plus facile que d'aller chercher ces copies dans tous les cinémas de la planète.

— *Excellente* idée ! lança Bleu-Roi avec enthousiasme. C'est pas une idée excellente, les gars ? Tout simplement merveilleuse ! (Il marqua un petit temps d'arrêt.) Au fait, Arthur, qu'est-ce que c'est qu'un ordinateur ?

Arthur le leur expliqua.

— Tout ça est bel et bon, dit Aubépin quand Arthur eut terminé, mais comment cela empêchera-t-il la représentation du ballet ?

— J'imagine que les notes de Petipa... pas par pas, pour ainsi dire... ont été à présent informatisées, répondit Arthur. Il suffit de trouver l'ordinateur approprié et de les effacer.

— Et la musique de Tchaïkovski ?

Arthur haussa les épaules.

— Ce sera un peu plus difficile.

— Eh bien, deux sur trois, ce n'est pas si mal, déclara Tache-d'Encre. T'es un chic type, Arthur, pour quelqu'un qu'est même pas bleu.

— Ouais, gringo, ajouta Indigo. J'te lève mon sombrero. Enfin, je le f'rais si j'trouvais un sombrero à ma taille.

— O.K., Arthur, dit Bleu-Roi. On est parés à appareiller. Tu nous libères et tu nous indiques la bonne direction.

— Nous sommes loin de la Californie, expliqua Arthur. Comment pensez-vous y parvenir ?

— De la même manière que nous sommes venus ici, répondit Aubépin.

— Dans ce cas, vous atterrirez probablement à Buenos Aires.

— Ce serait ennuyeux.

— Nous pourrions voler, suggéra Aubépin.

— Excellente idée ! s'exclama Pourpré, enthousiasmé. (Puis il marqua un temps d'arrêt et se renfrogna.) Est-ce qu'on *sait* voler ?

— Sais pas, mec, dit Tache-d'Encre en agitant les bras. Si c'est le cas, j'me rappelle vraiment plus comment on fait.

— De toute façon, j'ai le vertige, leur rappela Bleu-Roi. Il faudra trouver un autre système.

— Peut-être pourrions-nous réduire notre corps à l'état composite de protons et d'électrons, puis partir d'ici en passant par les lignes téléphoniques, suggéra Campanule.

— Tu pars le premier, annonça Pourpré.

— Moi ?

— Pourquoi pas ? C'est ton idée, non ?

— Eh bien, c'est moi qui l'ai trouvée et il est donc normal que quelqu'un d'autre la mette à l'épreuve, répondit Campanule, un peu déstabilisé.

— Et si nous faisions de l'auto-stop, proposa Indigo.

— Qu'en penses-tu, Arthur ? demanda Bleu-Roi. (Son regard fit le tour du sous-sol.) Hé, où est donc passé Arthur ?

— S'il est allé nous dénoncer aux autorités, je vais lui donner un tel coup de pied dans le tibia... commença Campanule.

Arthur apparut soudain en haut de l'escalier avec une grosse boîte dans les mains.

— J'en ai eu assez de vous entendre discutailler, dit-il en descendant la boîte.

— C'est pour quoi faire ? demanda Bleu-Roi en désignant la boîte avec une certaine nervosité.

— Entrez dedans, dit Arthur en commençant à les détacher du sol.

Arthur branla du chef.

— Pourquoi ?

— Je vous expédie au centre administratif de la Compagnie Disney, répondit Arthur. Une fois là-bas, vous pourrez vous débrouiller.

— Formidable ! s'écria Bleu-Roi. A présent, nous pourrons semer la dévastation parmi nos ennemis et dégager l'honneur de notre race.

— Ou du moins faire deux ou trois tours à Disneyland, ajouta Saint-Louis-Blues.

Deux semaines plus tard, alors que Arthur Crumm rentrait du travail, un sac d'épicerie dans les bras, il trouva les sept fées Dragées perchés sur différents meubles de son séjour.

Campanule portait des lunettes de soleil et une flopée de chaînes en or. Indigo fumait un cigare qui devait être aussi grand que lui. Aubépin portait un petit diamant à l'oreille gauche. Saint-Louis-Blues avait échangé son saxophone contre un minuscule synthétiseur. Les autres arboraient aussi des signes évidents de leur récente excursion sur la côte Ouest.

— Comment diable êtes-vous arrivés ici ? demanda Arthur.

— La Poste nous a amenés jusqu'à ta porte, répondit Bleu-Roi. Nous nous sommes occupés du reste. J'espère que cela ne te dérange pas.

— Sans doute pas, dit Arthur en déposant son sac de provisions. Vous avez l'air... euh... en forme.

— Et on a surtout réussi, annonça Bleu-Roi. Tout cela, c'est à toi que nous le devons, Arthur.

— Vous avez donc réussi à stopper la distribution de *Fantasia* ?

— Oh, ça ? fit Campanule avec un haussement d'épaules méprisant. Nous avons découvert que notre destin pouvait être bien plus glorieux.

— Oh ! Je croyais que votre but était de détruire la moindre copie du film.

— C'était avant d'apprendre comment utiliser l'ordinateur, répondit Campanule. Arthur, sais-tu combien rapporte ce film, chaque année ?

— Une belle somme, je suppose.

— « Une belle somme » est une litote, fit Bleu-Roi. Ce maudit truc est une vraie mine d'or, Arthur... et il y a une génération nouvelle de spectateurs tous les deux ans.

— O.K., vous n'avez pas détruit ces copies. Alors, qu'avez-vous donc fait ?

— Nous avons pris le contrôle financier de Disney ! annonça fièrement Campanule.

— Vous avez *quoi* ?

— Disney, répéta Campanule. C'est nous qui en sommes les propriétaires, à présent. Nous allons fabriquer des poupées fées Dragées, des T-shirts fées Dragées, des céréales fées Dragées...

— Le carnage et le pillage, c'est très bien en son temps, expliqua Pourpré. Mais le *business,* Arthur... ça, c'est le vrai pouvoir !

— Et comment êtes-vous parvenus à cela ? demanda Arthur avec curiosité.

— Nous ne sommes pas très bons en quadrature dimensionnelle, expliqua Bleu-Roi, mais nous avons découvert que nous sommes très doués en informatique. Nous avons simplement manipulé les cours de la bourse... nous avons acheté le Ballet de New York, accompagné des droits sur les notes de Petipa... et, quand nous avons eu assez d'argent, nous nous sommes emparés de Xerox, d'une partie de Polaroïd, et de Disney avec ça. (Il paraissait incroyablement satisfait de soi.) Ce n'était rien.

— Et Tchaïkovski ?

— On ne peut pas empêcher les gens d'écouter, répondit Campanule, mais nous possédons maintenant une partie de toutes les maisons de disque importantes d'Amérique, d'Angleterre et de Russie. Nous tiendrons les réseaux de distribution dans moins de trois semaines. (Il marqua un temps d'arrêt.) Qu'est-ce que ça peut être marrant, l'informatique !

— Et à présent, vous allez rentrer au Pays des fées Dragées ? demanda Arthur.

— Jamais de la vie ! lâcha Bleu-Roi. N'importe qui est capable d'être fée Dragée. Il faut un sens inné, une certaine noblesse d'âme pour devenir rafleur de sociétés, pour interpréter correctement les rapports cours-bénéfices et trouver les actifs cachés, pour frapper au bon moment et mettre l'ennemi financièrement à genoux.

— Sans doute.

— Surtout quand on est handicapé comme nous, continua Bleu-Roi. Il ne nous est pas facile de convoquer des assemblées générales, nous ne pouvons pas utiliser un téléphone situé à plus de vingt-cinq centimètres du sol, nous ne pouvons voyager que par Colissimo...

— Et nous n'avons même pas d'adresse postale, ajouta Pourpré.

— Mais notre plus gros problème, expliqua Campanule, c'est qu'aucun de nous ne possède de numéro de sécurité sociale ni d'identification fiscale. Ce qui signifie que les Impôts vont essayer de mettre le grappin sur tous nos actifs à la fin de l'année fiscale.

— Sans parler de ce que fera la COB, ajouta Aubépin d'un ton lugubre.

— Certes, certes, fit Arthur, songeur.

— Oui, c'est certain, répondit Campanule.

— Peut-être prêterez-vous donc l'oreille à une suggestion...

Trois jours plus tard, Arthur Crumm et Associés s'inscrivait à la bourse de New York et, un mois plus tard, faisait de même sur l'ensemble du marché américain.

A ce jour, personne ne sait grand-chose de cette compagnie, hormis qu'il s'agit d'une petite société contrôlée par un nombre réduit d'actionnaires, qui obtient chaque année de remarquables résultats, et qui vient récemment de se lancer dans les parcs de loisirs sur le thème des fées Dragées et la production cinématographique. En fait, selon la rumeur, elle aurait signé avec Sylvester Stallone, Arnold Schwarzenegger et Madonna pour tourner dans *Fantasia II*.

(Revolt of the Sugar Plum Fairies)

JUSQU'AU BOUT DES AIRS

Karen HABER

La salle principale de la demeure du mage Nestor possédait un plafond élevé en voûte et il y faisait très froid. Le feu était réduit à de mornes tisons ; un vent glacial sifflait à travers un trou de la fenêtre et jouait parmi les combles.

Le magicien avait étudié son livre de sortilèges, consultant les antiques runes défraîchies jusqu'à ce que la chaleur du feu le plonge dans le sommeil. Le livre doré sur tranche était ouvert sur ses genoux. Soudain réveillé par une rafale froide, il se redressa brutalement, un ronflement inachevé dans la gorge, et il examina la pièce.

Frissonnant dans l'air glacial, il se serra dans sa robe d'hermine, referma le livre avec un bruit sec et se leva. Il portait des bottes noires fendillées : elles étaient vieilles et avaient bien besoin d'être graissées.

Le mage Nestor était un homme musculeux aux cheveux grisonnants formant avec la longue barbe blanche un halo autour du visage où les yeux gris clair cachaient une trace de bleu en leur profondeur. Sa peau était ridée et ratatinée comme la fine écorce brune d'une achillée. Il était en fait bien plus âgé que la plus vieille des achillées sur le mont de Fennet. Mais Nestor se déplaçait à présent avec l'énergie d'un tout jeune homme.

— Le feu, marmonna-t-il. Le sortilège du feu. Allons, tu le connais aussi bien que ton vrai nom.

Il se tourna vers la cheminée noire, les bras levés, et

lança d'une voix de grand oiseau de proie trois brèves syllabes sèches, puis un doux sifflement. Des flammes surgirent d'un seul coup, baignant le visage du mage dans une lumière orange. Satisfait, il hocha la tête, sa barbe blanche rebondissant sur sa poitrine, et il tendit ses longs doigts noueux vers la chaleur crépitante.

— Que la vérole emporte ce Jotey ! dit-il. Il n'y avait que lui pour commettre une faute de sort et se retrouver dilué. Le voilà parti et c'est moi qui suis réduit à tout faire.

Nestor tendit la main vers la casserole en fer, la remplit avec l'eau du seau placé près de l'âtre et la mit à chauffer sur le trépied.

L'eau ne bouillonnait pas vraiment quand la porte de la maison grinça sur ses gonds antiques et oscilla lentement. Renno, le serviteur du mage depuis bien des années, se tenait là, dans sa cape hivernale de fourrure grise. C'était un petit homme nerveux dont les cheveux noirs comme le charbon étaient tirés en arrière et tressés en une natte qui lui descendait jusqu'à la moitié du dos. Il avait des yeux d'ébène, des joues toutes rouges et un nez bulbeux exagérément voyant. Il ressemblait beaucoup aux poupées vendues par les colporteurs durant la fête sur le marché rondois. A son côté se tenait une petite silhouette méfiante dont les traits étaient presque complètement obscurcis par une grossière cape noire taillée pour quelqu'un de bien plus trapu. Le nouvel apprenti, comprit Nestor.

— Bien, dit-il, tu me l'as amené.

Renno leva les mains.

— Euh, sage entre les sages...

— Ne reste pas comme ça sur le seuil, Renno. Il fait déjà assez froid ici. Entre et referme-moi cette porte. Plus tôt vous vous serez réchauffés, plus tôt nous pourrons mettre ce garçon au travail.

— Grand et puissant sorcier...

— Assez de bavardage, mon gars ! Et arrête de tituber comme ça. Venez, venez, tous les deux, et réchauffez-vous au feu.

Le mage déposa deux autre bols auprès du sien et

versa le breuvage odorant qui émettait une brume dorée à partir de la casserole en fer.

Le serviteur ouvrit une nouvelle fois la bouche comme pour discuter. Puis il haussa les épaules, la referma et se rapprocha du feu. La petite silhouette en cape marqua un temps d'arrêt pour refermer la porte avant de suivre Renno auprès de la chaleur.

— Du thé de flamme, annonça le mage. Tiens. Bois tout. Par une nuit pareille, il te réchauffe jusqu'au tréfonds de l'âme.

Une petite main sortit de sous la cape pour prendre le bol de thé.

— Bois pendant que c'est chaud, dit le mage avec gentillesse.

Mieux valait en effet commencer avec gentillesse, quand il s'agissait de former un apprenti.

Le bol monta jusqu'à la capuche, s'inclina et se vida d'un trait. Le nouveau venu reposa le récipient vide.

— Bel appétit, dit le mage à Renno. Il va pousser comme un roseau.

Les petites mains repoussèrent alors la capuche en arrière. Un fouillis épais de chevelure rousse apparut, brillant dans la lumière dansante du feu. Des yeux d'un bleu éclatant clignèrent devant le mage et des lèvres roses s'incurvèrent en un sourire hésitant.

— Je m'appelle Dora, déclara doucement l'apprenti. Est-ce ici que je vais habiter?

Nestor posa son bol de thé si brutalement que le fer tinta contre les pierres vertes du foyer. Il se retourna vers Renno et découvrit que le serviteur était soudain très affairé auprès de la réserve de bois.

— Qu'est-ce que c'est que ça ? voulut savoir le mage.

— De quoi parlez-vous, maître ? demanda Renno en veillant à garder le visage détourné.

— Ceci.

Le mage indiqua l'enfant.

— Je ne suis pas sûr de...

Le mage poussa un soupir et expulsa un souffle énorme.

— Ne fais pas l'idiot avec moi, Renno. Tu es peut-être un idiot, mais je ne te crois pas débile. Tu m'as amené une fille. J'avais bien précisé un garçon, n'est-ce pas ?

Renno affichait une expression d'humble douceur.

— Oui, maître.

— Alors, pourquoi ai-je une fille devant moi ?

La voix de Renno fut encore plus douce que son expression.

— Maître, il n'y avait pas de garçons disponibles.

— Absolument aucun ?

— Les courses du duc attirent tous les jeunes garçons à Brébant, répondit Renno. Au marché, je ne pus trouver que des hommes très âgés ou des bébés à peine sevrés. Même ceux-ci étaient tellement chers que je n'en crus point mes yeux.

Nestor le foudroya du regard.

— Mieux valait un vieillard qu'une gamine stupide ! Que dois-je en faire, Renno ? Dis-moi : quel mage s'est doté d'une fille comme apprenti ? Que dira-t-on au conclave de la mi-mois ? (Le sorcier secoua la tête de fureur.) Il faut que tu la ramènes.

— La ramener ? (Les yeux sombres de Renno se voilèrent.) Vous n'y pensez pas, maître ! Le marché est fermé, à cette heure-ci. Et elle ne pourrait aller nulle part. C'est une orpheline. Elle n'a personne. Nous ne pouvons la jeter dans le froid !

— Peuh ! tu as le cœur aussi tendre que le cerveau, grommela Nestor. Je l'ai toujours dit. Et j'en ai aujourd'hui la preuve.

Renno était profondément contrit.

— C'est vrai. Je n'aurais jamais osé le nier.

— N'aggrave pas ton cas par une obséquiosité absurde, gronda le mage. Comment pouvons-nous la garder ? A quoi pourrait-elle nous servir ? Je te le demande : à quoi pourrait-elle nous servir ?

— Eh bien, je pourrais lui apprendre deux ou trois trucs.

Les yeux du sorcier devinrent d'un gris glacial.

— Et quoi donc ?

— Des trucs. (Le domestique baissa les yeux sur le

plancher à lattes larges.) Elle pourrait apprendre. Un peu, du moins.

Nestor n'était pas capable de dire si son expression était véritablement pitoyable ou simplement rusée.

— Vous pourriez la garder ici jusqu'au prochain jour de marché, disons, continua Renno. Ce sera à la fin du mois. Je l'emmènerai et la vendrai alors.

— Mais ce sera après le conclave ! s'exclama Nestor. Que devrai-je faire lors de la réunion ? Accueillir mes compagnons sans apprenti pour m'assister ?

— Vous pourriez la former.

— A la sorcellerie ?

— C'était mon idée, maître. Il ne faudrait pas que vous assistiez au conclave sans apprenti. (Renno marqua un temps d'arrêt.) Surtout si Dalbaeth vous guette.

Nestor se renfrogna.

— Peuh ! Je me charge de ce Dalbaeth. Ce discoureur ne m'a jamais pardonné de l'avoir emporté sur son père, il y a bien longtemps. Mais ne t'inquiète pas, je pourrai lui régler son affaire, avec ou sans apprenti. (Nestor abaissa son regard sur Dora. Elle hocha la tête.) D'ailleurs, regarde un peu comme elle est petite. Et ces mains minuscules ! Inutiles pour des sortilèges. Probablement incapables de réaliser des tâches ménagères.

— Pas du tout, pépia Dora. Je sais nettoyer. Et cuisiner. Regardez un peu.

Le mage la regarda songeusement et ses yeux gris s'emplirent d'étincelles bleues. Le hurlement du vent sembla doubler et redoubler. L'enfant attendait et le fixait sans crainte.

— Oh, très bien. Je ne peux sans doute pas te renvoyer dans la nuit, n'est-ce pas ? Tu pourras dormir sur cette paillasse près du feu, ma fille. Et pas un son ne sortira de ta bouche, entendu ? J'ai un travail important et je ne veux pas être dérangé par une espèce de petite hurluberlue.

— Je ne suis pas une hurl... luru... enfin, truc.

Et, avec un fier mouvement de tête, elle ramassa les bols de thé et les laissa tomber dans l'évier en pierre blanche planté sur son solide trépied en bois. Ensuite, elle les récura et les essuya. Quand ce fut terminé, les bols brillaient à la lumière des chandelles, plus propres qu'ils ne l'avaient été de tout l'hiver. Sans un mot, la fille grimpa sur son lit de paillasse, se recroquevilla dans sa cape et fut endormie avant que le mage n'ait pu lui administrer ne fût-ce qu'un simple sort de somnolence.

— Pour la nuit, marmotta Nestor en secouant la tête de manière emphatique. Mais rien que pour la nuit.

Il se pencha en arrière dans son grand fauteuil près du feu, ouvrit son livre de sortilèges et glissa dans le sommeil avant d'avoir fini de lire le premier charme invoquant les jolis rêves.

Au matin, Nestor se réveilla en sentant un parfum de lait qui chauffait et de galettes d'avoine en train de cuire. Le livre de sortilèges se trouvait sur ses genoux qui émettaient leurs vieilles plaintes familières.

— Le thé est prêt, dit une voix étrangère.

Elle était aiguë et musicale, avec un soupçon de zézaiement.

Une petite main lui tendit un bol de thé rempli à ras bord.

— Hein ? (Nestor abaissa un regard étonné sur les yeux bleus et le nez retroussé.) Que fais-tu ici, ma fille ?

Une expression d'impatience traversa le visage de celle-ci.

— Vous m'avez dit de rester. Vous vous rappelez ?

Les dernières ombres de sommeil s'enfuirent et le mage commença à se rappeler les événements de la nuit précédente. Le nouvel apprenti, oui ! Très petit. Maigrichon. Une fille, en plus !

— Renno ! Renno, où es-tu ?

— Ici, maître.

Le petit homme se précipita dans la salle avec une cargaison de bois de coupe dans les bras.

— Il faut que tu ramènes immédiatement cette fille.

— Impossible, messire.

— Et pourquoi cela ?

— Parce que c'est impossible. Où pourrais-je l'emmener ? Le marché ne rouvre pas avant la fin du mois. Je vous l'ai dit hier soir.

Le sorcier serra les lèvres pour réprimer son irritation.

— Hum, oui, c'est exact, sans doute. Bien entendu. (Il joua avec sa barbe.) Fort bien, donc, ma fille, il va falloir que tu te rendes utile, par ici. Je suppose que tu ne connais aucun sortilège de nettoyage, n'est-ce pas ?

— Des sortilèges ? (Les yeux bleus de la fillette s'écarquillèrent, dépourvus de toute ruse.) Je n'ai jamais fait de magie, messire. Et je ne veux pas en faire. (Ses sourcils clairs se haussèrent en un renfrognement et elle ajouta à voix basse :) C'est mal.

Renno lâcha un bruit qui aurait pu être un gloussement étouffé. Nestor le morigéna du regard. Mais, avant qu'il ait pu prononcer un mot, son serviteur avait franchi la porte d'entrée et disparu dans la cour.

— Enfin, sans doute arrive-t-il que ce soit mal, lui concéda Nestor en se grattant songeusement la barbe. Dans de mauvaises mains. C'est aussi bien que la magie ne t'intéresse pas. Les filles font de piètres sorciers. Et je n'ai pas la patience de former une sorcière. Surtout à mon âge.

Elle lui adressa un regard en biais.

— Quel âge avez-vous donc ?

— Cela ne te regarde pas, petite. (Nestor agita l'index vers elle.) La cheminée a besoin d'être balayée. Et un bon coup de chiffon ne ferait pas de mal à la bibliothèque.

— Toute la maison est sale, dit-elle en hochant la tête joyeusement. Je n'ai jamais vu un tel désordre. Heureusement que vous m'avez achetée pour que je m'occupe de vous.

Nestor fut tenté d'utiliser un sort de silence quand Renno fit irruption dans la salle avec une expression frénétique.

— Fougasse ! s'écria-t-il. Il s'est envolé !

Nestor cligna les yeux.

— Le dragon ? Sûrement pas. (Le mage se dirigea vers la porte et scruta avec hésitation le ciel bleu pâle en se protégeant les yeux.) Ce n'est pas la saison de l'essaimage. C'est impossible. Les dragons ne volent pas dans le froid.

A l'horizon, un gros oiseau semblait battre paresseusement des ailes qui reflétaient le soleil du matin. Nestor étrécit les yeux. L'oiseau avait l'air de posséder un long corps sinueux. Comme il se rapprochait, le mage distingua une tête reptilienne et des yeux rouges inquiétants.

Non, cela n'avait absolument rien d'un oiseau.

Le sorcier poussa un soupir.

— C'est bel et bien Fougasse. Je pensais qu'il aurait le bon sens de ne pas venir m'ennuyer avant que j'aie pris un copieux petit déjeuner.

— C'est vraiment un dragon ? demanda Dora. (Ses yeux étaient agrandis par l'émerveillement.) Je n'en avais jamais vu.

— Eh bien, ne reste pas bouche bée comme ça, mon petit. Recule. Il risquerait de dévorer un morceau tentant comme toi.

Avec un couinement de terreur, Dora se précipita derrière le sorcier et s'accrocha au dos de sa robe blanche.

Le dragon effectua un cercle au-dessus d'eux, les yeux scintillant, le cou écailleux luisant au soleil.

— Mes salutations, Nestor, lança le dragon dans la langue ancienne.

— Fougasse, répondit le mage. Qu'est-ce qui t'a fait t'envoler ainsi par cette froidure ?

— Une lumière rouge dans les collines orientales. Et je vois à présent de quoi il s'agit. Les arbres sont en feu.

— Quoi ? Comment ?

— Un mauvais coup des elfes. Les bois vont être consumés.

— Pas si j'ai mon mot à dire.

Le dragon lâcha une bouffée de vapeur en guise d'approbation. Les yeux rouges clignèrent une fois et les ailes écailleuses battirent furieusement l'air froid comme la créature faisait volte-face pour remonter comme une flèche dans le ciel. Un instant plus tard, ce n'était plus qu'une poussière jaune sur l'horizon enfumé.

— Ces stupides elfes se livrent encore à leurs jeux absurdes d'hiver, commenta Nestor. Ils se sont probablement amusés avec des sortilèges. Je les avais déjà mis en garde. Renno, selle la mule... et je veux une selle d'hiver correcte, tu m'entends ? Avec deux... non, trois... couvertures.

— Vous partez seul ?

Le domestique fixait le sorcier de ses yeux noirs en boutons de culotte.

— Voudrais-tu m'accompagner ?

Renno parut apeuré.

— J'ai une famille, Votre Sagesse.

Le mage sourit.

— C'est bien ce que je pensais. Reste donc. (Il jeta un coup d'œil en direction de la fillette.) Si j'avais un apprenti convenable, je l'emmènerais bien. Mais pas cette enfant.

La lèvre inférieure de Dora fit la moue.

— Vous devriez m'emmener, dit-elle d'un ton boudeur. Il vous faut quelqu'un qui s'occupe de vous.

Nestor recula comme s'il venait d'être blessé.

— Ah oui, vraiment ?

— Oui. Et si la mule tombait et se fracturait une jambe ? Et si vous veniez à vous perdre dans les bois ? Et qui fera votre cuisine ? Et qui tiendra votre crosse pendant la nuit ? Et qui conduira la mule quand vous serez fatigué ? Qui devra...

— Certainement pas toi !

— Eh bien, dans ce cas, rappelez-vous : si vous vous perdez, vous fatiguez, ou mourez de faim, ce ne sera pas ma faute, répliqua Dora.

Elle se retourna et rentra à toute allure dans la maison.

Nestor cracha un juron au vent mauvais.

— Renno, laisse la mule ! J'y vais par la voie des airs.

Le mage tendit les bras jusqu'à ce qu'ils ressemblent à des ailes. Il émit un cri étrange et harmonieux. Et là où s'était tenu Nestor un instant auparavant se trouvait désormais un grand oiseau aux plumes grises et aux yeux dorés perçants. Sans un bruit, il battit des ailes et monta très haut au-dessus du manoir, se déplaçant à une allure régulière en direction de l'est.

L'un à côté de l'autre, le serviteur et l'enfant restèrent sur le seuil à regarder le grand oiseau diminuer jusqu'à ce qu'il ne soit plus qu'un grain de poussière sans forme ni couleur dans le lointain. Renno se tourna vers Dora et hocha la tête.

— Un tour parfait pour un vieux sorcier, dit-il pensivement. (Il tapota sur l'épaule de Dora.) Tu devrais te mettre à nettoyer, mon petit. Il faut que j'aille couper du bois, si je ne veux pas que le mage souffre d'un grave refroidissement à son retour.

En sifflotant une mélodie sinistre, Renno balança sa hache métallique sur l'épaule et disparut dans un fourré de troncs gris à l'orée de la clairière.

Dora resta encore un moment à la porte, avala une longue goulée d'air frais et rentra dans la maison. Que de merveilles n'avait-elle vues aujourd'hui ! Un dragon ! Un sorcier qui se transforme en gros oiseau ! Elle marqua un temps d'arrêt et examina la pièce.

Le soleil du matin s'était caché derrière un nuage et la lumière pâle qui en résultait produisait un éclairage blafard passant par la fenêtre du devant.

Aux solives étaient pendues des toiles d'araignées. L'appui des fenêtres était recouvert d'une couche épaisse de crasse et les vitres portaient les résidus de nombreux orages et rosées.

— Un peu de magie ne serait peut-être pas une mauvaise idée, dit-elle. Cette maison n'a pas été nettoyée depuis l'adolescence du sorcier.

Elle se saisit du balai caché dans un coin et se mit à s'activer en claquant de la langue à intervalles réguliers devant l'ampleur du désastre. D'épais nuages de poussière s'élevèrent sous l'action de son balai et elle éternua une, deux, trois fois...

Que tous les souhaits de l'archimage t'accompagnent, fit une voix de basse très agréable.

Dora fit volte-face.

— Qui est là ?

— J'ai dit : à tes souhaits.

— Renno, te moquerais-tu de moi ?

— J'avais oublié, dit gaiement la voix. Tu ne peux pas me voir, n'est-ce pas ?

Un bruit de tissu qui se déchire emplit la pièce.

Un felak à la fourrure bleue bien lisse apparut, lové sur l'épais coussin tissé du banc à trois barreaux. Il cligna ses yeux orange.

— Fichtre, fit-il. Tu es plutôt petite, pour une humaine, n'est-ce pas ?

— Qui t'a appris à parler ? demanda Dora d'une voix stridente.

— Le sorcier, que vas-tu imaginer ?

Le felak étira son long cou et commença à se gratter le menton à l'aide de sa patte gauche médiane. Au beau milieu d'un coup particulièrement vigoureux, il s'arrêta et inclina la tête en la regardant.

— Pourquoi te sers-tu du balai ? Tu te compliques vraiment la vie, tu ne crois pas ? Tu ne connais donc pas les sortilèges appropriés pour le nettoyage ?

Dora le foudroya du regard, les mains sur les hanches.

— Bien sûr que non.

— Et pourquoi cela ? Quelle sorte d'apprenti es-tu donc ?

— Je ne suis aucune sorte d'apprenti.

— Nestor se fait vieux, dit le felak. Il commence à oublier la formation de base que doit subir un apprenti. Enfin, peu importe. Je peux t'aider. Là. Tu vois, sur l'étagère du haut, ce gros livre à la couverture en cuir jusé blanc et or ? Prends-le.

Dora se tordit le cou.

— Il est trop haut. Je ne peux pas l'atteindre.

— Monte donc sur quelque chose ! fit le felak avec une note d'impatience dans la voix.

Dora se mit prudemment en équilibre sur l'accoudoir d'un fauteuil, attrapa le livre et descendit à toute allure. La couverture était douce au toucher et brillante par endroits, comme si elle avait été touchée et usée par une multitude de mains.

— Va à la troisième page et lis le charme à voix haute.

— Je ne sais pas lire. Et encore moins les runes.

Le felak cessa sa toilette et la fixa avec une indubitable expression d'écœurement.

— Tu ne sais pas lire, hein ? Je crois que je commence à ne plus comprendre Nestor. Pourquoi acheter un apprenti illettré ? Et puis, pourquoi donc avoir acquis une fille ?

— Ce n'est pas lui. C'est Renno qui m'a achetée.

— Ah, je vois.

Le felak bâilla et révéla des rangées jumelles de dents aiguisées et triangulaires alignées à l'intérieur de son bec vert. Il se leva sur ses pattes de derrière, bondit sur l'accoudoir du fauteuil de Dora et s'y percha, regardant par-dessus son épaule le livre qu'elle tenait sur ses genoux. Les runes défraîchies du livre de sortilèges dansaient en encre dorée sur la page.

— Bien, écoute attentivement et regarde ce qui se passe.

Il prononça un chuchotement sifflant dont Dora ne réussit pas à saisir les mots, malgré tous ses efforts. Mais, sous ses yeux, le plat à cuisson en argile posé sur l'âtre s'envola dans les airs, traversa la pièce et commença à se laver dans l'évier avec de joyeuses éclaboussures.

La fille regardait fixement, les yeux exorbités.

— Quelle merveille !

— Très bien. Maintenant, à toi, dit le felak. Avec ces bols à thé. Répète ces syllabes à la suite : Ré. Osum. Émosum. Tem.

Dora prononça avec hésitation ces paroles inhabituelles en bégayant sur la dernière. Elle attendit. Mais les bols dans la cheminée ne bougèrent pas. Ses pieds la chatouillèrent comme s'ils s'engourdissaient. Elle tapa donc des pieds, baissa les yeux et eut le souffle coupé. Une fine couche de fourrure violette lui poussait comme de l'herbe tendre sur les orteils et les pieds.

— Qu'est-ce que j'ai mal fait ? s'écria-t-elle.

Le felak lâcha un son qui ressemblait beaucoup à un gloussement humain.

— Le dernier mot est Tem. Une seule syllabe. Rien qu'une. Tu lui en as donné une de plus. Ce qui est malheureusement le sortilège hirsute. (Le felak émit un nouveau rire.) C'est une jolie teinte de fourrure que tu as là, croassa-t-il. Je trouve qu'elle est parfaitement assortie à ta chevelure.

— Fais-la partir, se lamenta Dora.

— Ça ne te plaît pas ? (Le felak secoua la tête.) Je trouve ça charmant.

La créature hocha la tête avec une satisfaction évidente, tourna plusieurs fois sur son coussin, se coucha et ferma les yeux.

Dora fixait ses pieds avec horreur.

— Attends. Tu ne peux pas t'endormir ! s'écria-t-elle. Aide-moi. Je t'en prie ! Je ne veux pas de pieds couverts de fourrure !

Le felak ronfla doucement.

Renno ouvrit la porte d'entrée et entra avec un seau rempli d'eau. Il faillit le laisser tomber en voyant la fourrure violette sur les pieds de Dora.

— Mon petit, souffla-t-il, qu'as-tu fait ?

Des larmes coulaient à flots sur les joues de Dora.

— Ce n'est pas moi. C'est le felak.

— Quel felak ?

— Celui du sorcier.

Le domestique fronça les sourcils et se gratta la tête.

— Mais il ne possède pas de bête semblable.

— Il est endormi sur le siège.

Dora indiqua le banc à trois barreaux. Mais le coussin était vide, le felak disparu.

Renno étrécit les yeux d'un air soupçonneux.

— Mon petit, je croyais que tu étais incapable de lire les runes.

— C'est vrai. Je ne sais rien de toute cette magie. (Dora fixa lugubrement ses orteils fourrés.) Et ce que j'en ai vu ne me plaît pas. Mais que faire, à présent ?

Renno haussa les épaules.

— Attendre le retour du sorcier. Nettoyer la maison et attendre.

Dora regarda fixement le banc. Un coussin vide ne lui servirait à rien. Ni Renno.

C'était une enfant très pragmatique. Elle poussa un soupir, prit le balai et se mit à l'ouvrage en se rappelant qu'un ventre vide était encore pire qu'un peu de fourrure violette.

Comme les premières étoiles commençaient à scintiller dans le ciel du crépuscule, Nestor reparut. Il traînait la jambe, il avait la barbe roussie et ses sourcils avaient disparu.

— Maître !

Renno passa son épaule sous le bras du mage et soutint Nestor jusqu'à son fauteuil au coin du feu. Il fit un geste à Dora.

— Petite, apporte du thé. Vite.

Nestor se laissa dépouiller de son manteau et de ses bottes, puis déposer dans le fauteuil bien rembourré.

— Quels fous, ces elfes ! dit-il d'une voix rauque. D'abord ils ont mis le feu aux bois. Ensuite ils ont asséché le lit de la rivière. Et pendant que j'étais occupé à étouffer les flammes, est-ce qu'ils m'ont apporté de l'aide ? Pas le moins du monde. Ils sont restés là à glousser en me montrant du doigt, comme une meute d'oiseaux écervelés. Ces idiots étaient trop occupés à allumer des incendies derrière moi pour protéger leurs propres demeures. (Nestor marqua un temps d'arrêt pour boire longuement au bol de thé.) Ah, parfait. A présent que cela est terminé, nous allons...

Il s'arrêta en milieu de phrase en fixant du regard les pieds de Dora.

— Ma fille, que signifie ceci ?

Embarrassée, Dora cacha une jambe derrière l'autre.

— C'est pas moi, messire. C'est le felak qui a fait ça.

— Un felak ? Ne sois pas absurde. Avant la naissance de Renno, il n'y avait déjà plus de felak.

Elle verrouilla son regard sur le sien.

— S'il est invisible la majeure partie du temps, comment pouvez-vous savoir s'il est là ou non ?

— Hein ? (Nestor secoua la tête et gloussa.) Ton argument se tient. Eh bien, c'était peut-être un felak. Mais que cherchais-tu à réaliser ?

— Je voulais un sortilège pour nettoyer la maison.

Nestor jeta un coup d'œil rapide autour de la pièce. Les toiles d'araignées avaient disparu. Les fenêtres étincelaient comme jamais auparavant.

— Il semblerait que tu aies trouvé tes propres charmes. Peut-être un ou deux de trop. Je suppose que tu ne veux pas conserver cette fourrure, n'est-ce pas ?

— Non, messire.

— C'est bien ce que je pensais.

Le mage tendit le bras en direction des pieds de la fillette et émit trois mots secs qui ressemblaient à : Ak-sum-ré.

Un picotement parcourut les pieds de Dora. La fourrure disparut sans laisser de trace. La fillette était rayonnante.

— A l'avenir, montre-toi plus prudente à proximité des sortilèges, lui dit solennellement Nestor.

Il bâilla, ferma les yeux et, avant que Dora ait pu le remercier, il s'était endormi.

Quand arriva le matin, les jambes et le dos du mage étaient aussi raides que les vieux planchers. Nestor gémit, grogna, se débattit pour se relever et finit par faire signe à Dora de venir l'aider à quitter son lit.

— Par les dieux, ce n'est guère amusant de vieillir, marmonna-t-il. Évite ça, si tu le peux, ma fille.

Il se réchauffa auprès du feu tandis que Dora préparait son petit déjeuner. Précautionneusement, il prit un peu de galettes d'avoine et de lait fumant. Nestor se sentit considérablement mieux après son repas. Il avait du pain sur la planche. Des sortilèges à lire. Le mage posa les deux pieds sur le sol et se leva lentement, se redressant en cours de route. Une douleur remonta brutalement de ses deux jambes et rampa le long de sa colonne vertébrale. Nestor se laissa retomber sur son siège avec un halètement.

— Qu'est-ce qui ne va pas ? demanda Dora.

— Ce sont les rhumatismes.

— Je vais vous préparer une pommade. Cela vous réchauffera les jambes.

Le sorcier posa sur elle un regard sceptique.

— Une pommade ? Sans doute un dragon t'a-t-il appris la médecine, non ?

La fillette lui adressa une expression de défi.

— En fait, non. J'étais femme de ménage de l'apothicaire de Physte. J'ai beaucoup appris au petit bonheur.

— Humph. Eh bien, je suis prêt à tout essayer pour dénouer ces muscles et chasser ces douleurs. Mélange tes potions, mon petit.

Elle parut légèrement inquiète.

— Il me faut de la consoude, de la mannis et de la teinture de limette.

— Tu en trouveras dans les bocaux près de la fenêtre de la cuisine. Mais lis bien les étiquettes. Si tu sais lire.

— Je sais fort bien à quoi ressemblent les herbes. Je n'ai pas besoin de savoir lire. Mais comment vais-je les atteindre ? Elles sont sur une étagère très haute.

— Je vais te les donner.

Nestor entonna rapidement deux mots. Trois bocaux en grès traversèrent les airs et vinrent se poser aux pieds de Dora.

Avec le pilon, elle écrasa soigneusement les herbes dans le mortier du sorcier, puis les mélangea à du miel et de la paraffine pour obtenir une pommade apaisante.

— Aaahh, soupira Nestor. (Ses jambes se réchauffaient, les douleurs s'évanouissaient.) Cela est supérieur à la magie.

— Un bon bain chaud ne vous ferait pas de mal.

— Plus tard, ma fille. Plus tard. J'ai du travail qui m'attend. Le temps à changer. Les rats à chasser de la réserve du boulanger...

Les paroles du sorcier se perdirent tandis qu'il observait Dora qui se débattait avec les lourds bocaux en grès qu'elle essayait de replacer sur le rebord de la fenêtre.

— Ça ne marchera pas. Ma fille, il faudrait que tu apprennes quelques sorts ménagers qui te seront utiles si tu ne veux pas t'épuiser à porter tous ces objets pesants.

— Je ne sais pas...

— Mais moi, si. (Les yeux gris de Nestor se mirent à luire.) Assieds-toi ici et fais attention.

Dora grimpa sur le tabouret à côté de lui.

— Répète ceci soigneusement : Cana Ferem Asturem.

Dora prononça lentement ces paroles en chuchotant presque. Rien ne se produisit.

— Plus fort. Et articule plus clairement, ma fille. Allonge aussi la première syllabe.

— Caa-na. Fe-er-em. A-a-s-turem.

A la grande surprise de Dora, les bocaux allèrent reprendre leur place sur le rebord de la fenêtre.

Magnifique ! (Elle tapa des mains.) C'est comme de les ranger en chantant.

Nestor hocha la tête jusqu'à ce que sa barbe danse sur sa poitrine.

— D'une certaine manière, c'est sans doute ça.

Il sourit tandis que Dora demandait au bol de lait de se ranger dans le placard. Il faillit glousser quand elle fit de même pour le mortier et le pilon. Mais quand la chaise à siège en paille faillit renverser le mage dans sa hâte magique de reprendre sa position près du feu, Nestor leva la main.

— Cela suffit, mon petit ! Ceci est un travail sérieux, pas un amusement. A présent, accompagne-moi, que je t'apprenne comment nettoyer la maison sans te vider de toute ton énergie. Et sans mettre ma vie en péril.

Le sorcier et la fillette passèrent le restant de la journée côte à côte, s'exerçant à prononcer des mots bizarres et des expressions antiques. Comme Dora ne savait pas lire, elle était forcée d'apprendre les sortilèges à la voix. Nestor les prononçait et Dora répétait soigneusement jusqu'à ce qu'elle les sache par cœur. De cette manière, elle apprit le sort du lavage, du touillage, du séchage, et même de la cuisson.

— Celui-ci ne me plaît guère, dit-elle. Je vais brûler les gâteaux d'avoine.

— L'entraînement, fit Nestor. Beaucoup d'entraînement rend tout plus facile.

Les jours qui suivirent, Dora découvrit qu'il y avait beaucoup de vrai dans les paroles du mage. Elle ne tarda pas à maîtriser la magie ménagère et se sentit rapidement très à l'aise pour demander à un gâteau de se battre et de se cuire tout seul, au thé de flamme d'infuser et aux lits de s'aérer sur la véranda.

Renno, en la regardant travailler un matin, eut un sourire qui transforma son visage en une masse de rides.

— J'ai l'impression que tu apprends vite, ma fille, dit-il. Tu n'es pas une si mauvaise apprentie, après tout.

Nestor apparut derrière lui avec un froncement de sourcils.

— Une apprentie ? Quelle apprentie ? C'est une femme de ménage, Renno. J'ai toujours besoin d'un apprenti.

— Mais elle s'en tire si bien...

— Oh, je t'accorde que la maison est propre. Le linge est sec. Les gâteaux d'avoine sont bons. Mais n'importe quelle sorcière mitronne de première année pourrait maîtriser ce genre de trucs. Non, ce dont j'ai besoin, c'est d'un véritable apprenti. Un grand gars qui aille me chercher mon livre de sortilèges, me représente à la réunion municipale, porte ma crosse. Et avant le conclave. Il ne nous reste que quelques jours. Renno, il va falloir que tu fasses un tour au marché sporyen.

Le domestique secoua la tête.

— Le temps manque, maître. Le marché sporyen n'ouvre pas avant le lendemain du Jour du Seigneur. A ce moment-là, il sera trop tard. Le conclave commence le matin même.

Nestor afficha une expression amère.

— Tu as raison. Par les étoiles, ma fille, il faudra sans doute que tu fasses l'affaire jusqu'après le conclave. Mais penses-tu pouvoir apprendre de nouveaux sorts pour le Jour du Seigneur ?

— Je l'ignore. (Dora considéra le mage avec un air désespéré.) Je ne crois pas que ma pauvre tête puisse se remplir davantage.

— Fais un effort. Fais un gros effort. A moins que je ne décide de te donner une nouvelle tête avec un peu plus de place dedans... et des cheveux verts.

Dora saisit ses boucles rousses.

— Vous n'oseriez pas !

— Ne tente pas un sorcier contrarié, ma fille. A présent, viens ici, reste silencieuse et apprends !

Au cours des six matins suivants, après avoir terminé ses tâches ménagères, Dora s'asseyait sagement au côté du mage et apprenait les runes de la magie fondamentale. Au début, ses charmes faisaient long feu. Plus d'une fois, Nestor fut forcé d'annuler un sortilège à mi-parcours pour éviter de mettre le feu à la maison, ou de transformer en fer le moindre élément en bois qu'elle contenait. Mais Dora finit par arriver à faire flotter la crosse du sorcier à travers la pièce, à éteindre le feu grâce à de l'eau surgie du sol, à changer des cuillères et des couteaux en petits rongeurs argentés et à amener des bottes vides à se promener dans la salle.

— On peut pas être plus prêt que ça, commenta Renno.

— Oui, et cela vaut sans doute mieux qu'un vide complet. Mais il lui faut une cape appropriée, Renno.

— Oui, maître. C'est exact. (Renno branla du chef.) Ma femme peut lui en coudre une assez belle avec du cuir jusé.

— Ce serait parfait. Et qu'elle soit bleue, Renno.

Le domestique se retourna pour fixer le sorcier.

— Bleue ? fit-il. Pourquoi bleue ? Tous vos autres apprentis étaient en noir.

— Aucun d'eux n'était une fille, n'est-ce pas ? Avec des yeux bleus ? (Nestor gloussa.) Ce sera donc bleu, Renno. Et ne me réponds plus.

Maître et serviteur échangèrent des sourires silencieux.

— Alors, j'y vais, annonça Renno. Bonne journée à tous deux.

Il se hâta de retourner chez lui en sifflotant une mélodie joyeuse.

Le matin du conclave, il faisait froid et sec, des nuages bas et noirs promettant la neige pour midi.

Nestor plissa les yeux en regardant le ciel.

— De la neige, hein ? marmonna-t-il. Nous allons bien voir.

Il rejeta sa cape en hermine et leva très haut les deux bras. Dans la main droite, il tenait sa crosse en ivoire poli. Elle émettait des reflets d'ambre, à l'instar du miel au soleil. Le mage traça soigneusement des cercles avec la crosse. Puis il en planta sèchement la pointe sur le sol. De sa main libre, Nestor eut un large geste, comme pour embrasser la totalité de la coupe grise du ciel.

— Qua-sachem-Moréa ! s'écria-t-il d'une voix semblable au tonnerre de l'été. Sheft-kazem-Ransin !

Un rayon de soleil déchira la pénombre comme un poignard doré. Puis un autre apparut. Les nuages se réduisirent en charpie. Ils se dispersèrent rapidement et le soleil brilla gaiement dans un ciel d'azur éclatant. Un oiseau hivernal emplissait l'air de ses notes flûtées. La journée serait magnifique.

— Voilà qui est mieux.

Songeur, Nestor se gratta l'estomac. Le parfum de galettes d'avoine bien chaudes lui parvint et le ramena à l'intérieur de la maison.

— Le petit déjeuner avant tout, dit-il. Ensuite, nous nous occuperons du conclave des sorciers.

— Tous les grands sorciers des quatre points cardinaux seront-ils là ? voulut savoir Dora.

— Des quatre points cardinaux et au-delà. Fais donc bien attention, ma fille, et surveille tes paroles. Les apprentis ne doivent pas se faire remarquer.

Il mâchait avec délectation. Quand il eut terminé, son assiette et sa tasse s'envolèrent à toute allure. Dora et Renno avaient mangé depuis plusieurs heures.

Dora reparut dans une cape de la couleur du ciel. Elle arborait un large sourire et fit une pirouette devant le mage.

— Très joli, dit Renno.

— Ne va pas lui donner la grosse tête, lança Nestor.

Dora éclata de rire.

— Dans ce cas, j'aurais plus de place pour y mettre des sortilèges, n'est-ce pas ?

Nestor se racla la gorge, mais on eût dit un rire étouffé.

— Partons, dit-il. Renno, surveille la maison en attendant notre retour. Prends ma main, mon petit.

Des vents silencieux semblèrent converger sur eux de toutes les directions, faisant gonfler leurs vêtements et voler leurs cheveux. Les murs de la maison s'évaporèrent lentement et ils se trouvèrent un instant dans un étrange espace blanc. Des murs sombres jaillirent alors autour d'eux, lourdement lambrissés d'un bois marqué par la fumée. Nestor et Dora étaient en plein milieu d'une belle salle de banquet. Ils étaient entourés de sorciers vêtus d'un arc-en-ciel de capes.

— Nestor, lança l'un d'eux, doté d'une épaisse barbe rousse. Bienvenue.

— Annesh, dit Nestor. Et Rovard.

Un sorcier de petite taille dont le crâne chauve luisait à la lumière du feu de cheminée lui adressa un clignement d'œil.

— Belle journée, grâce à toi.

Ils portaient tous une crosse et parlaient bruyamment. Deux jeunes mages flottaient à quelques pieds du sol, faisant jongler des sphères de lumière bleue au-dessus de la tête des convives. Dans un coin, un grand sorcier en cape verte se mit à se transformer : il devint un dragon doré dont les yeux scintillaient d'un feu rougeoyant, puis un blanc cheval ailé à la crinière argentée, puis une bête étrange aux pieds griffus et à la fourrure verte.

Dora regardait, les yeux écarquillés. Le vacarme l'empêchait de réfléchir. Toute timide, elle examina les autres apprentis. C'étaient des garçons en robe sombre qui la dominaient de leur taille : ils ressemblaient à de jeunes géants et paraissaient bien plus âgés et sagaces. Ils marchaient derrière leurs maîtres avec une confiance solennelle, s'adressant des hochements de tête et se lançant parfois des plaisanteries. De mauvaise grâce, Dora rejeta son capuchon en arrière. Sa chevelure d'or roux étincela à la lumière du feu.

Toutes les conversations s'interrompirent. Sorciers et apprentis, mages et serviteurs fixaient Dora comme s'ils n'avaient jamais vu un tel spectacle auparavant.

— Ho, Nestor ! lança le sorcier chauve dénommé Rovard. (Un large sourire illuminait son visage.) Qu'avons-nous là ? Une fille en guise d'apprenti ? Tu dois plaisanter.

Nestor se redressa en rassemblant toute sa dignité.

— Ce n'est pas une plaisanterie. Pourquoi pas une fille ? Elle est rapide et habile.

— Mais ses mains sont si petites, fit Rovard.

Annesh hocha la tête et sa barbe rousse dansa de gauche à droite.

— Bientôt, nous verrons des felaks et des sphinx.

Toute l'assemblée éclata de rire. Mais, dans ce vacarme joyeux, une voix s'éleva, amère et sévère.

— Te voilà donc, barbe-grise ! Je vois que tu es toujours aussi fou. Je n'arrive pas à croire que tu te sois senti suffisamment digne de venir à cette réunion. Tu aurais dû rester chez toi, auprès de ta cheminée.

La salle redevint silencieuse.

Nestor se retourna, les yeux gris prenant une teinte bleue sous la colère.

Celui qui avait parlé était un homme de taille moyenne aux cheveux, à la moustache et au bouc tout noirs, mais dont les yeux avaient la couleur de la glace. Il portait une cape grise dont le capuchon était doublé de fourrure sombre.

— Dalbaeth, dit Nestor. J'espérais que nous ne nous verrions point.

— C'est ce que tu dis depuis le jour où tu abusas mon père et prétendis l'avoir emporté sur lui, répondit Dalbaeth d'une voix glacée par le mépris. Tu as peur que je ne te vainque.

— Je ne puis craindre l'impossible.

Nestor se détourna pour s'écarter.

Dalbaeth se plaça juste devant lui et planta fermement sa crosse noire sur le sol dallé.

— Je te défie.

Nestor se figea. Ses yeux brillaient d'un feu d'azur.

— Ne commets pas de folie, dit Annesh avec agacement. Le combat entre Nestor et ton père a été réglé depuis des années, Dalbaeth. Ne prolonge point ces ressentiments.

— Et depuis des années j'attends l'occasion de restaurer l'honneur de ma famille, répondit Dalbaeth.

Son regard glacial n'avait pas quitté le visage de Nestor.

Nestor hocha sèchement la tête.

— Comme tu voudras, dit-il. Mieux vaut régler la question sur-le-champ.

Tout le monde se mit à parler en même temps. La salle s'emplit de voix qui lançaient des protestations aussi bien que des approbations.

Dans ce tumulte, seul Rovard put se faire entendre.

— Pas ici, gronda-t-il. Vous devez régler votre différend loin de cette assemblée, dans un lieu isolé. Nul ne sera mis en danger, nul ne pourra vous observer et nul ne pourra vous aider.

— Bien entendu, dit Nestor. Je propose la vallée du Ganz, derrière le talus du fleuve.

— Cela me convient, répondit Dalbaeth. Quand ?

Nestor affronta tranquillement son regard.

— Maintenant.

Le regard toujours posé sur Dalbaeth, Nestor prononça cinq mots très rapidement.

La pièce tournoya autour d'eux, les murs devenant flous et blancs. Puis les murs disparurent et les deux sorciers se retrouvèrent au milieu d'une large prairie longée de grands arbres nus. Un vent glacial chuchotait au-dessus d'eux, apportant le souffle froid de l'hiver.

— Que fait cette enfant ici ? demanda Dalbaeth.

Nestor fit volte-face et découvrit Dora assise sur le sol derrière lui.

— Ma fille ! tu n'étais pas censée m'accompagner. Pourquoi n'es-tu pas restée dans la salle ?

— Je suis désolée, répondit-elle. Mais vous avez agi tellement vite que je n'ai pas eu le temps de me dégager. Je n'ai pu lâcher votre robe et j'ai été transportée avec vous.

— Je vais te renvoyer.

— Non, je vous en prie. Je veux rester.

Nestor fronça les sourcils.

— Ce n'est pas un endroit pour les enfants.

— Je suis votre apprentie. (Elle croisa les bras sur la poitrine.) C'est vous qui l'avez dit.

Dalbaeth éclata de rire.

— Une fille en guise d'apprenti, Nestor ! Tout à fait approprié. Et la prochaine fois, tu formeras une mule à jeter des sorts ?

Le regard de Nestor étincela.

— Comme tu voudras, ma fille. Reste donc. Mais ne t'avance pas et fais attention à toi. (Il indiqua un tas de roches vertes sur le côté du pré.) Écarte-toi, à présent.

Dora glissa un regard sur le côté d'un rocher bien lisse. Sous ses doigts, il lui paraissait semblable à de la glace verte.

Les deux sorciers prirent position. Un instant, le temps sembla suspendre son vol. Les deux hommes étaient immobiles, l'un guettant l'autre. Seule la voix du vent se faisait entendre, soupirant dans l'herbe sèche et jaune.

Comme si un signal venait d'être donné, ils se penchèrent l'un vers l'autre.

Dalbaeth tendit les bras au-dessus de sa tête et un éclair jaillit de ses doigts.

Nestor gronda un juron qui transforma l'éclair en lucioles qui étincelèrent un moment avant de disparaître au vent.

Sans s'arrêter, Dalbaeth hurla un nouveau sort et, avant que sa voix se fût tue, un coup de tonnerre parcourut la prairie. Dans un son déchirant, le sol sous les pieds de Nestor s'entrouvrit.

Nestor tomba et agrippa désespérément le rebord inégal de l'abîme pour ralentir sa chute. Ce faisant, il siffla un charme. Ses vêtements ondulèrent follement. Deux larges ailes blanches apparurent sur son dos. Péniblement, le mage se hissa dans les cieux, loin de la menace. Une incantation gutturale lui conféra une énorme tête de griffon. Nestor inhala et commença à cracher des boules de feu vers son rival.

Dalbaeth leva les mains pour se protéger. Mais sa tête avait été roussie. Avec des jurons, il transforma un brin d'herbe en miroir gigantesque et le tint droit devant lui. L'inclinaison du miroir était telle que le reflet ailé de Nestor apparaissait au fond de ses profondeurs vert argenté. Alors, toutes les boules de feu que lui envoyait Nestor heurtaient le miroir et rebondissaient vers leur source.

Un ricochet furieux toucha l'aile gauche de Nestor. En un instant, les plumes furent transformées en cendres. Battant faiblement de son aile restante, le mage chuta vers le sol. Il le heurta brutalement et resta allongé, immobile sur l'herbe raide et dorée. L'aile subsistante et la tête de griffon disparurent.

Dora poussa un cri d'horreur devant ce spectacle.

Avec un hochement de tête satisfait, Dalbaeth jeta le miroir dans les airs, où il s'évapora. Il se hâta de rejoindre le mage abattu et resta debout devant lui, les bras écartés.

— Viens, esprit de la terre, s'écria-t-il. Recouvre de pierres ce malheureux. Emprisonne-le à tout jamais !

— Non ! hurla Dora. Non !

Il fallait qu'elle l'arrête ! Mais de quelle manière ? Elle avait devant elle un sorcier tout-puissant capable de contrôler les éléments. Elle ne connaissait que des sortilèges ménagers. Et un tour de felak. Son cœur battit la chamade en songeant à cela : le sort du felak, oui !

Haletante, elle chuchota rapidement les syllabes.

Rien ne se produisit.

Dora répéta le sort. Puis une fois encore.

Dalbaeth se mit à tousser. Il éternua. De la fourrure violette lui poussa sur le menton, les mains, et même au-dessus des bottes. Il en avait dans les yeux, dans le nez et même dans la bouche. Il ne voyait plus rien, il ne pouvait plus respirer. Étouffant, le sorcier chuta sur le sol sec en proférant des jurons assourdis.

Nestor leva un bras, vit ce qui se passait et effectua un mouvement avec sa crosse.

Une énorme cage en fer étincelant d'un feu surnaturel se forma autour de Dalbaeth. Le sorcier couvert de fourrure le remarqua à peine.

— Maître, lança Dora. Vous avez gagné. Il nous faut partir.

Hochant la tête faiblement, Nestor fit un geste et ramena Dora vers lui. D'un autre mouvement bizarre, il leur fit quitter les vents froids de la prairie pour rejoindre la salle bruyante et remplie de fumée où étaient assemblés les autres sorciers.

— Nestor, s'écria Annesh. Tu es de retour ! Et si rapidement ! Où se trouve Dalbaeth ?

Nestor ouvrit la bouche. Mais nulle voix n'en sortit. Le vieux mage haleta pour respirer et bascula en arrière. Sans les bras robustes et les bons réflexes d'Annesh, Nestor serait tombé, inanimé, sur les dalles polies de la salle.

— De l'air ! Il vient de s'évanouir ! gronda Annesh. Laissez-lui de l'air ! Et amenez l'herboriste.

Un homme maigre de haute taille s'approcha en courant. Il s'agenouilla rapidement auprès de Nestor et examina le mage soigneusement. Il se leva en secouant la tête.

— Nestor est âgé. Très âgé, dit l'herboriste. Il a épuisé ses pouvoirs et reste impuissant. Il est muet.

Dora se mordit la lèvre de désespoir.

— A tout jamais ? demanda-t-elle.

— Je l'ignore, répondit tristement l'herboriste. Peut-être récupérera-t-il, avec le temps.

Annesh tapota Dora sur la tête.

— Mon petit, ce ne serait pas juste que tu deviennes apprentie d'un sorcier débilité. Je veillerai à ce que tu sois dotée d'un maître plus approprié. A moins que tu ne préfères une sorcière ?

Une sorcière comme maîtresse ! Dora hésita, troublée.

— Je ne sais pas. Je n'ai pas encore réfléchi à la question. Une sorcière, dites-vous ? Ce pourrait être chouette. Mais qu'adviendra-t-il de Nestor ?

— Laisse-le à nos soins. A présent, pars et mange un bout, dit Annesh. Nous prendrons ensuite les dispositions pour ton transfert.

Il lui fit franchir la porte et elle entra dans une salle de banquet où étaient assis les apprentis en robes sombres.

Dora mit sur son assiette de la viande rôtie, du pain au sucre orangé et s'assit tout au bout de la longue table en grès. Personne ne lui accorda le moindre regard. Personne ne lui adressa la parole. Elle regarda fixement sa nourriture. Elle mastiqua une bouchée de pain sans prêter attention à son goût.

Elle déposa son couteau, se leva, laissa son assiette sur la table et se hâta de quitter la pièce.

La grande salle était vide. Elle la parcourut en courant, ses pas provoquant des échos, et elle finit par retrouver la petite pièce près de l'entrée principale.

Nestor était allongé à côté de la cheminée. Raide et silencieux, il fixait mornement les flammes. Au bruit de ses pas, il leva des yeux de la couleur d'une glace bleutée.

Elle ne pouvait l'abandonner. Elle n'en avait nul désir. Annesh comprendrait.

Nestor se redressa en fronçant les sourcils.

— Vous voulez rentrer ? demanda Dora.

Il hocha tristement la tête.

— Alors, allons-y.

Elle eut un geste impatient.

Nestor secoua la tête. Ses lèvres remuèrent, mais aucun son ne se fit entendre.

— Oh, c'est vrai, j'avais oublié, vous ne pouvez pas parler, n'est-ce pas ? (Elle accorda au vieux sorcier un sourire teinté d'exaspération mais aussi d'affection.) Et vous ne m'avez pas appris les sortilèges de transport, n'est-ce pas ?

Sa seule réponse fut une expression d'écœurement.

Avec un soupir, Dora releva sa capuche bleue sur ses cheveux étincelants et referma sa cape pour se protéger du froid.

— Venez, alors. Je vais m'occuper de louer un cheval. Voilà donc ce que deviennent les grands pouvoirs de la magie.

Nestor se leva lentement et se serra dans sa cape.

Dora lui prit le bras. Le vieux mage eut un bref mouvement de recul, les yeux flamboyant. Puis il haussa les épaules.

Alors, main dans la main, le sorcier et son apprentie se mirent en route pour rentrer chez eux.

(Up the Side of the Air)

LE CRÉPUSCULE DES DIEUX

Barry N. MALZBERG

Nous parlons essentiellement du besoin de conserver un certain sens de la magie, du mystère. La clarté est ennemie de la raison, non son aide. La sorcellerie est un métier honorable, mais elle exige, tout autant que certaines professions plus terre à terre, des efforts pénibles et de bonne notions de discipline. J'exerce ce métier depuis suffisamment longtemps pour réfléchir à ceci sans ironie, mais avec un mépris certain. Aucune de ces remarques ne peut servir de prologue à mes confidences ; elles constituent simplement une forme de méditation.

Je suis assis sur une haute colline nue et jaune, de la fumée monte de mon petit logement dans le lointain, le soleil jette ses rayons aguichants contre le paysage : jaune sur jaune. Temps sec de fin de saison. Les deux elfes, le nain et la géante avaient péniblement escaladé l'éminence jusqu'à moi, tendant les mains en signe d'hommage. Pas de cadeaux (on connaît ma jalousie aussi bien que mon humeur inégale ; les offrandes brûlées ne sont pas mon style), mais un désir très net de plaire. Ils hésitèrent devant moi à une distance respectueuse, puis le plus ancien des elfes s'avança.

— Salutations, dit-il. Nous venons dans la paix et l'humilité. Est-ce la formule appropriée ?

— Je l'ignore, répondis-je. (Où le côté formule était-il entré dans ceci ?) Es-tu le porte-parole ?

— Nous le préférerions, répondit le nain.

Il était assez agréable d'aspect, déformé de manière assez peu frappante, des traits génériques, et le même signalement pouvait s'appliquer aux autres, bien que la géante eût une attitude qui aurait pu être menaçante dans d'autres circonstances. Bien entendu, aucun sorcier ne rencontre d'« autres circonstances ». Nous menons une vie bien réglée, entourés par l'obéissance sinon par la flatterie la plus basse.

— Bien entendu, continua le nain, nous pourrions parler individuellement. Mais cela prendrait trop de temps.

— Le temps est précieux, acquiesçai-je. C'est notre seule monnaie d'échange. Nous devons éviter de le gaspiller.

— Et le consensus l'emporterait de toute façon, dit le nain. Nous allons donc laisser cette charge à Meyer, si cela ne vous dérange pas.

— Mon nom est Meyer, dit le grand elfe. Mon compagnon s'appelle Siegmund. Le petit gars, c'est Siegfried le nain, avec qui il ne faut pas le confondre, et voici Barbara. Barbara n'a pas toujours été de notre compagnie. Ce n'est que récemment que nous l'avons rencontrée.

— Dans la vallée, expliqua Barbara. Nous partagions les mêmes antécédents et la même histoire, et comme nous avions le même objectif, nous avons décidé d'unir nos forces.

— Bien entendu. Mais vous n'avez désigné qu'un seul porte-parole.

Un soupçon flottait dans l'air jaune, tison dans le soleil couchant. Meyer ajusta sa cape et jeta nerveusement un coup d'œil en direction des autres.

— Bien entendu, dit-il. Vous avez raison de nous rappeler à l'ordre. Notre temps est limité et notre besoin est grand. Nous venons solliciter votre aide.

— De l'aide. Tout le monde a besoin d'aide. Je reste assis en ce lieu sous la lumière et dans les ténèbres, je contemple le tumulte de saisons et rien, absolument rien, ne se passe hormis le fait que, de temps à autre, des suppliants tels que vous viennent me demander assistance. Tel est mon destin, bien entendu, ajoutai-je. Je ne voudrais pas donner l'impression que j'en éprouve du ressentiment. Ma fonction est la sorcellerie, de même que la vôtre est la requête. Mais, au bout d'un certain temps, cela devient quand même insipide.

— Eh bien, je vois, fit Meyer. Je comprends fort bien comment cela a pu se produire. Peut-être devrions-nous donc partir.

— Pose-lui la question, Meyer, lança la géante. Ne te laisse pas intimider. Il vit peut-être dans la fumée et le feu, mais il lui faut bien bouffer comme tout le monde. Et je pense que le tonnerre le fait trembler.

— Est-ce qu'elle ne parle pas magnifiquement ? déclara Siegmund l'elfe. Immédiatement, dans la vallée, quand elle s'est mise à nous parler, nous avons su que son goût du langage était captivant. En vérité, que ferions-nous sans notre langue ? Je suis en grande admiration devant ceux qui savent parler.

La géante lança à Siegmund un regard rapide, puis se détourna. Le nain, Siegfried, hocha la tête, ce qui fit osciller ses traits de façon fort périlleuse, et il donna un coup de pied dans un caillou.

— Je savais que ça ne marcherait pas, dit-il. Allez, repartons. Peut-être rencontrerons-nous l'un des Albericht en descendant. Je pense que nous avons abandonné trop rapidement, que nous somme montés trop vite.

Meyer me regardait fixement.

— Voyez-vous quel est notre problème ? dit-il. Ce n'est pas comme si nous avions un *plan* ou autre chose. On se débrouille comme on peut.

— On se débrouille comme des manches, dit Siegfried. Nous avons rencontré un vrai sorcier et nous ne le laissons pas parler. Nous avons escaladé toute cette montagne...

— Je ne puis retrouver votre anneau, annonçai-je.

Ils me considérèrent avec une intensité commune dans le regard, fixés par une attention rapide qui me réchauffa le cœur. Il est quelque chose dans une phrase prononcée stratégiquement qui, tel un sortilège jeté de manière appropriée, peut induire une sensation de chaleur propre. Être pris pour quelqu'un et démontrer que l'on est tout autre, voilà le genre de plaisir que je me suis longtemps refusé, mais parfois, quand même, cet arrogant besoin de réaction transparaît.

— L'anneau se trouve au fond du fleuve, leur précisai-je. Il y fut jeté il y a bien des saisons et l'on ne peut le récupérer. Je ne suis pas davantage capable de faire remonter cet anneau que de ressusciter les morts. Voire de les reconceptualiser. Je crains donc que notre entrevue ne soit terminée. En vérité, plus rien ne peut être accompli.

— Je vous avais avertis, dit Barbara la géante sur un ton écœuré. (Elle leva une jambe pour donner un coup de pied à Meyer, mais, sous mon regard sévère, elle sembla se raviser.) Ouais, je leur ai dit, continua-t-elle d'une voix maussade. Je leur ai expliqué que nous ne pourrions obtenir satisfaction en ce lieu.

— Écoute, lui dit Siegfried, si tu en es aussi sûre, si tu as déjà tout compris, pourquoi ne rentres-tu pas dans la vallée, pour retourner à ton château ? Ce n'est pas nous qui t'avons amenée ici, après tout.

Siegfried me fixa de son regard perçant de nain.

— Vous voyez le problème ? dit-il. Nous avons sombré dans la chamaillerie, la calomnie et l'inimitié. Assurément, si nous devions recouvrer l'anneau, ceci passerait et nous pourrions vivre dans une harmonie et une paix retrouvées. Comme notre âme aspire à l'harmonie ! Mais vous nous dites que notre quête est stérile. Voilà qui est des plus décourageant.

— Je sais que cela est sans espoir, lui dis-je. Les Albericht sont venus ici il y a deux couchers de soleil. Nous avons longuement discuté devant les feux, les Albericht et moi. Ils m'ont rapporté la perte permanente de l'anneau.

— Ainsi va la rumeur, dit Meyer.

— Des tentatives furent faites. Plusieurs Albericht organisèrent des plongeons et se baignèrent dans le fleuve, sans répondre aux cris puissants et aux moqueries des vierges du Rhin. Ils tentèrent désespérément de récupérer l'anneau, ayant amèrement regretté sa dépossession.

— Sans succès, naturellement, dit Barbara.

— Absolument, dis-je. Ils se noyèrent. Du moins quatre des Albericht se sont-ils noyés et le cinquième fut ramené inconscient sur la rive par ses frères. Il ne s'en est pas encore remis, m'a-t-on dit, bien que, de temps à autre, il implore le retour de l'anneau. Les Albericht sont tout aussi impuissants que nous tous. Je crains que leurs pouvoirs n'aient également sombré dans le fleuve.

— Et ils vous ont dit tout cela ? demanda Siegfried. Ils ont admis leur impuissance aussi facilement que ça ?

— On ne cache aucun secret à un sorcier, lui répondis-je. Même en cette époque difficile au bout des temps, où l'anneau est perdu dans le fleuve, les Albericht lancent leurs expéditions désespérées et les quêtes futiles telles que la vôtre s'intéressent à ce qui est d'ores et déjà perdu. Mais il suffit. Je m'engage dans un bavardage oiseux. Il ne reste plus rien pour vous, je le crains, et il vous faut donc repartir.

— Je vous avais avertis, fit Barbara. Je vous avais dit que ceci était bête et ridicule. (Elle donna un coup de pied à Siegfried.) Mais non, as-tu insisté. Montons voir le vieil homme, il possède plus d'un secret. Un jour et une nuit sur cette colline, à peiner pour quoi ? Pour être tournés en dérision.

— Avais-tu une meilleure idée ? lui demanda Siegfried en se frottant la cheville, mais sans risquer, remarquai-je, le moindre geste menaçant de représailles. C'est toi qui as demandé à nous accompagner dans notre mission.

— Vous voyez le problème, me dit Meyer. Aucun accord, aucune harmonie. Nous sommes amers et insatisfaits ; c'est assurément la perte de l'anneau qui nous a réduits à cet état, mais plus rien ne peut être accompli.

— Non, acquiesçai-je. Rien ne peut être accompli.

Idiots, traînards, avais-je envie d'ajouter, rien ne pouvait être accompli avant même votre naissance ; nous vivons au bout d'une malédiction, nous ne faisons que jouer une pièce déjà écrite. Mais cela nous eût conduits à des discussions sur la prédestination et la mortalité qui dépassaient de loin leurs capacités.

— Vous voyez donc, continuai-je en abandonnant ma posture accroupie destinée à susciter la confiance, soulevant mes vêtements et reculant gracieusement, rien ne peut réellement être accompli. Peut-être se trouve-t-il encore des Albericht à rôder sur le territoire. Peut-être pourrez-vous leur parler, leur demander s'ils ont des idées. Mais j'en doute fort.

— Il a absolument raison, dit Barbara, il ne nous reste plus qu'à partir. C'est d'ailleurs ce que je vais faire.

Elle se retourna et s'en fut en claudiquant. Encore plus imposante de derrière que de face, elle manifestait une certaine humilité, un aspect brisé dans son attitude qui me toucha assez, bien que, naturellement, il m'eût été impossible de révéler ceci à quiconque. Nous la suivîmes tous du regard tandis qu'elle dévalait la colline, devenant, plus rapidement que je ne l'aurais envisagé, un petit objet, puis un point à peine visible. Une centaine d'Albericht n'auraient pu disparaître aussi rapidement ou plus ignominieusement.

— Je crois que nous allons tous partir, annonça Meyer. Vous étiez notre ultime espoir, vous savez. Nous n'avons plus la moindre idée.

— Et le voyage fut long, très long, ajouta Siegfried. Vous ne pouvez imaginer quelles difficultés nous avons rencontrées. Tenez, prenez Siegmund, on pourrait penser que son nanisme le protégerait de la souffrance ou d'une véritable passion, mais c'est faux, il nous a raconté de ces trucs...

— Allons, fit Meyer. Je ne pense pas que le sorcier s'intéresse à ceci. Moi, en tout cas, ça ne m'intéresse pas. J'en ai assez entendu parler et la route sera longue si nous voulons encore passer la nuit loin des feux. (Il pencha la tête.) Merci pour le mal que vous vous êtes donné.

— Ce n'est rien. Si mes pouvoirs étaient plus grands, les choses auraient pu être différentes, mais ils participent naturellement des conséquences de la situation. Je veux parler de leur destruction. Bien des choses ont disparu de ce monde depuis que l'anneau fut perdu.

— Ma foi, oui, dit Siegmund, mais nous n'avons pas

tellement envie de parler de ceci, n'est-ce pas ? (Il fit mine de bâiller, puis se retourna et tendit les mains.) Permets-nous de nous retirer. Elle doit probablement nous attendre en bas de la colline, de toute façon.

— Bien entendu, dit Meyer. Elle n'a absolument aucun point de chute.

— Nous sommes tous dans le même cas, dit Siegfried, mais de manière distraite, sans réellement s'adresser à qui que ce soit.

Ils joignirent leurs bras, manifestant ainsi un accord plus complet face à moi (mais ceci n'était peut-être qu'un signe supplémentaire de moral au plus bas), et s'éloignèrent en se dandinant. Comme ils passaient dans la lumière toute-puissante, je crus voir chez l'un d'eux un geste léger de salutation, mais il était difficile d'en être certain et ils disparurent. Peu importait, de toute façon.

Je haussai les épaules (une rencontre supplémentaire terminée) et retournai à mon petit logement. A l'intérieur, l'odeur de fumée refluait, c'était le moment de remettre une branchette dans la cheminée. Accroupis comme des crapauds, leurs petits yeux luisant, les six Albericht étaient perchés contre les murs et me regardaient fixement, muets.

— Je me suis débarrassé d'eux, annonçai-je.

Les Albericht clignèrent les yeux, murmurèrent, se frottèrent les uns contre les autres.

— C'était simple. On ne peut pas dire qu'ils se soient livrés à un véritable interrogatoire. Ils sont partis au bout de la moitié du temps du dernier groupe. Bientôt, ils ne poseront même plus de questions. Je me contenterai de faire un geste, de hocher la tête, et ils fileront.

Les Albericht semblèrent glousser. L'un d'eux pépia une question.

— Pas encore, répondis-je. L'heure n'est pas encore venue.

Ils me regardèrent fixement. Je songeai à la question du langage perdu et, un instant, envisageai son remplacement, mais je décidai que l'heure n'était pas encore venue. Les choses avaient été plus faciles, bien moins déplaisantes, du fait que les Albericht étaient privés de langue et incapables de parler.

— Ils ne tarderont pas à tous partir, dis-je. Mais je pense que quelques groupes viendront encore. C'est une question de purge, d'une certaine manière.

Les Albericht me considérèrent avec une expression interrogatrice. Je m'avançai, pris deux branchettes et les lançai vers le feu.

— Bientôt, annonçai-je, nous descendrons au fleuve. Nous élaborerons nos plans et le rejoindrons ensemble.

Les Albericht hochèrent la tête avec le plaisir de l'attente. La perte de la langue n'entraîne pas la perte de la compréhension. Au contraire, elle l'augmente, comme le sait tout bon jeteur de sorts. A cet instant, il me sembla donc que les Albericht, tout comme moi, avaient tout compris.

— Il m'appartiendra, annonçai-je paisiblement. Il m'appartiendra totalement.

Les Albericht hochèrent la tête.

— Totalement, répétai-je.

— Non, lança une voix ferme derrière la tente.

Par l'ouverture, ayant adopté une attitude de menace et de détermination soudaines, tous quatre apparurent, leurs traits elfins, nains et géants transfigurés par le plaisir.

— Pas tout à fait, ajouta Barbara.

Je levai une main en amorçant une incantation.

Elle s'approcha du tas de bois dans le coin et prit un bâton.

— Tu vois, fit-elle. Nous avons notre propre magie, vieux sorcier.

Ces traîtres d'Albericht se mirent à glousser.

Je crois peut-être que la situation m'a échappé.

(Götterdämmerung)

SUR LA ROUTE DU FLEUVE

Gregory BENFORD

« Le conte de fées est le premier élément qui permette à l'enfant d'apprendre à lire son esprit dans les images. »

Bruno Bettelheim
Psychanalyse des contes de fées

1. SUR LA RIVE

L'adolescent continuait de descendre le fleuve argenté en quête de son père.

Oscillant avec les courants ondoyants, il était tapi dans sa yole et surveillait son chalut. Il n'avait rien mangé depuis deux jours. Un gros poisson jaune miroitait au fond de la fine pellicule d'eau, mais il se refusait à mordre.

La curiosité l'emporta sur la faim et il se pencha par-dessus bord pour vérifier si le poisson tournait autour de sa ligne. Au lieu de sa proie grassouillette, c'est lui-même qu'il aperçut, reflété dans le courant d'étain. Mais son image portait le chapeau en raphia qu'il avait perdu la veille. Il fixa le flux temporel pris au piège, qui s'écoulait à la même vitesse que sa yole vers le temps d'aval, et étudia son regard optimiste de la veille... le front crasseux et les touffes de cheveux gras qui tombaient sur ses grandes oreilles.

Il s'écarta du plat-bord de la yole à faible tirant d'eau. Le courant de métal liquide montait à travers la fine couche d'eau. Il était capable de le faire sombrer d'une caresse nonchalante. Le sentiment de danger lui desséchait la bouche, lui étreignait la gorge.

A travers l'eau glauque, il avait aperçu une lumière d'ivoire qui bouillonnait doucement, le mercure qui façonnait et faisait tourbillonner le flot large et rayé de boue. Ce mascaret métallique était un nid de traîtrise... des polybraches, des vipères électriques, des créatures dotées de crocs qui glissaient à travers les courants métalliques comme des oiseaux à l'envergure impressionnante.

Il restait allongé au fond de la yole, dans l'espoir que faiblisse le flux de densité temporel Une lame temporelle écœurante s'introduisit dans son corps dégingandé et, pour détourner son esprit de la nausée qu'il ressentit, il leva les yeux sur la vaste forêt accrochée au-dessus de sa tête.

Il aperçut le miroitement de plaques de paroi planétaire à nu, opulentes illuminations brûlantes. Le monde était un tube, l'immense fleuve unique un serpent brillant qui sinuait parmi les buttes et les forêts. En temps d'aval, l'âme vaste de son cosmos limité se perdait dans la brume. Il y distinguait une cité de belle taille sur la rive luisante d'un méandre. Derrière lui, en temps d'amont, il voyait la courbe immense du monde et ses riches collines qui se perdaient dans la perspective. Il fut tenté de prendre ses jumelles pour chercher...

Un coup sourd contre la yole. Quelque chose de lourd, en mouvement.

Il retint sa respiration. Normalement, la yole était légère comme une plume et se laissait pousser par le frottement de l'air, tandis qu'il voyageait vers l'aval du fleuve argenté et prenait de la vitesse à travers le temps.

Au-dessus de lui, d'irrégulières plaques de croûte à nu émettaient des scintillements de lumière ténue. Il souhaita que les ténèbres viennent un instant le cacher. En ce lieu, il n'existait pas de soleil, et l'adolescent n'avait jamais vu d'étoile pour savoir ce que signifiait ce terme. De la croûte tombaient des échardes de lumière, tels des volcans d'iridescence qui éclaboussaient la courbe opposée du tube planétaire. Il savait également, mais seulement parce que son père le lui avait appris, que ces couleurs changeantes étaient la lueur transformée de monstrueuses collisions entre des énergies inconnues, éclats lointains vastes et mystérieux, héritage en déploiement d'une violence absurde qui dépassait la connaissance humaine.

Quelque chose taquinait la surface de l'eau.

Il s'assit et tendit la main vers sa pagaie ; une créature brillante jaillit de l'eau et passa juste à coté de sa tête. Il se baissa et frappa le tentacule avec la pagaie. Une tête noueuse aux yeux jaunes en amande se souleva de la surface ridée. Sa constitution métallique émettait une fumée verte, âcre, et elle tenta de le toucher à nouveau. Il fit tournoyer la pagaie. Celle-ci toucha le tentacule et le trancha.

La bête de mercure lâcha un glapissement et disparut dans une éclaboussure bruyante. Il plongea la pagaie dans l'eau... la moitié fut distinctement nettoyée... et il poussa très fort. Des éclaboussures derrière l'embarcation.

Il se propulsa en eau plus profonde. Les fumerolles vertes s'éloignèrent en tourbillonnant. Quand les courants se furent calmés, il revint en direction du rivage. Le prédateur aux mâchoires impressionnantes était capable de le broyer en un instant, coupant sa yole en deux, s'il réussissait à se déployer hors des flux peu profonds de mercure gris argenté et de brome roussâtre. Une lame avait fait remonter celui-ci et pouvait se manifester à nouveau.

Il avait les bras brûlants et il haletait péniblement avant que la proue ait touché le sol. Il se précipita à terre en traînant un cordage étripé. Il tira la yole sur un banc de boue, puis dans un bosquet où il la dissimula parmi les branches feuillues.

Affaibli, plongé dans une méditation, il sortit un morceau de viande séchée toute bleue et filandreuse pour apaiser les gargouillis de son estomac.

Il scruta le dôme de la forêt lointaine et les bancs de boue épars. Bien entendu, ceux-ci ne lui apprirent rien qu'il ne pouvait attendre aussi près du fleuve, et il décida de partir un peu en exploration. Il était descendu loin en aval. Il s'était encore endormi, la nuit dernière, aspiré dans le sommeil par un assombrissement du tube planétaire, et Dieu seul savait combien il avait pu dépasser de récifs et de villes. L'énormité silencieuse du fleuve isolait une embarcation solitaire des rythmes de la terre et rendait naturelle, moelleusement inévitable une dérive vers l'aval du fleuve, vers le temps d'aval.

Il remonta la rive, pénétra dans la pression silencieuse de temps qui donnait au début une sensation de douce brise estivale, mais vidait de son énergie quiconque s'attaquait à elle. En chemin, il avisa la profusion de troncs, de fûts et de masses bleu-vert qui se tapissaient près du fleuve. Aucun signe d'êtres humains. Il n'était donc pas préparé à voir sortir de derrière un arbre massif un homme doté d'une espingole à bec de canard qui lui adressa un large sourire.

— Tu t'appelles ? demanda l'homme en crachant avant d'attendre la réponse.

— John.

— Tu vas en amont ?

Mieux valait biaiser que mentir.

— Je cherche à manger.

— Tu as trouvé quelque chose ?

— Je n'en ai pas tellement eu l'occasion.

— Fallait pas descendre jusqu'ici. Il y a eu un gros orage en aval. (L'homme afficha un large sourire qui révéla ses dents marron et ses lèvres minces et exsangues.) Je l'ai vu arracher un bras à quelqu'un.

Il savait donc que John n'était pas arrivé de l'aval en se promenant à pied. John expliqua tranquillement :

— Je suis venu à pied de la pointe, là où il y a un gros arbre mort.

— Je connais, j'y suis déjà allé. C'est plein de baies et de podofruits. Pourquoi être venu jusqu'ici ?

— On m'a dit qu'il y a une grande ville, par ici.

— Une bourgade, plutôt, gamin. Moi, j'pense que tu devrais rester ici avec nous, à l'air libre.

— *Nous,* c'est qui ?

— Quelques types.

Le sourire fixe devint amer aux commissures des lèvres.

— Il faut que je reparte, m'sieur.

— Ce p'tit-là, il te dit que tu as du nouveau sur la planche.

Il agita l'espingole comme s'il en était l'inventeur.

— Je n'ai pas d'argent.

— Je veux pas d'argent et j'en ai pas besoin. Ta famille, j'suis sûr, aimeras te r'voir.

Il agita l'arme pour faire avancer John. John ne vit aucun moyen d'éviter le gros tromblon et il obtempéra, suivi par l'homme à distance prudente.

L'espingole était en fait le fruit ornementé d'un arbre que John venait de voir. Les armes poussaient en tant que cosses dures sur les arbres à écorce lisse et devaient être sciées quand elle atteignaient la maturité. Celle-ci possédait une collerette qui donnait sur une boule noueuse, puis s'évasait davantage encore dans la crosse... tout ceci n'étant qu'une arme vivante qui, une fois la crosse plantée dans un sol riche, avec de l'eau et de la lumière, fournissait des cartouche au fusil. D'après la taille de la crosse, il supposa qu'il s'agissait d'une arme à maturité qui devait contenir un tas de munitions.

Il traversa en titubant un enchevêtrement d'herbe-couteau et entendit l'homme ricaner devant sa maladresse, puis il parvint à un sentier en argile rose. Cet homme lui réservait manifestement une réception peu sympathique et l'adolescent n'avait absolument aucune idée de ce qu'il pouvait avoir en tête. Simple vol, ou alors une touche de sodomie... il connaissait et avait même été le témoin de ce genre de choses.

Mais le regard fixe et brûlant de l'homme impliquait bien davantage que cela. Quelque chose qui dépassait le monde d'un gamin, surgi du marais inconnu des adultes.

Que faire ? Son esprit bouillonnait vainement.

La respiration de John lui écorchait la gorge et s'accélérait comme il commençait à monter le sentier abrupt. Comme la plupart des sentiers pédestres, celui-ci partait presque perpendiculairement au fleuve, de telle sorte que le voyageur ne souffrait ni de la pression glaciale du temps d'amont, ni du glissement nauséabond du temps d'aval. John estimait que le sentier devait monter parmi les collines basses devant lui. Les insectes accrochés dans l'air bourdonnaient dans l'immobilité des moments somnolents et glissants. Quelques-uns le piquèrent.

Son esprit s'activait furieusement. Ils traversèrent un champ verdoyant couvert de mamelons, puis, après un tournant brutal quelques pas plus loin, un profond torrent brillant d'un gris acier qui descendait en gargouillant vers le fleuve ; ils rencontrèrent aussi le cadavre d'une chauve-souris musquée qui gisait sur le sentier d'argile caoutchouteuse.

Une chauve-souris musquée n'émet pas un parfum délicieux et celle-ci, morte depuis plus d'une journée, emplissait l'air d'une puanteur âcre.

John réagit en retenant simplement son souffle. Le torrent murmurait à côté de lui. Son brassage temporel ne perturbait pas trop son équilibre. Une branche et divers débris abattus par la tempête reposaient juste derrière la peau craquelée et d'un bleu-nuit graisseux de la chauve-souris.

Il enjamba directement l'animal et fit trois pas encore. Il se retourna et vit l'homme inhaler la pestilence : le visage rougeaud se contorsionna. L'homme recula, un pied en l'air, et l'espingole lui échappa.

John se saisit de la branche. Sans le vouloir, il avala les vapeurs putrides. Il dut déglutir pour empêcher son estomac de le trahir. Il bondit sur l'homme. En plein saut, il fit un moulinet avec sa branche et sentit un choc quand le morceau de bois heurta l'arme.

— Ah ! s'écria l'homme sous la douleur.

L'espingole s'envola et se précipita dans le torrent...

... qui la volatilisa dans un sifflement piquant et une bouffée de vapeur orange odorante. L'homme resta bouche bée devant John et fit un pas en arrière.

— Maintenant, toi... ! lança John, incapable de trouver autre chose à dire.

Il prononça ces paroles de sa voix la plus basse. La moindre querelle pouvait produire une mort par désintégration, à proximité d'un cours d'eau métallique glouton. John sentit ses genoux se liquéfier, son cœur se serrer.

L'homme s'enfuit. Il décampa avec un petit cri rauque.

John cligna les yeux de surprise, puis battit également en retraite, pour échapper aux vapeurs nocives de la chauve-souris musquée. Il s'arrêta à la lisière d'un enchevêtrement de lianes et se retourna pour regarder le torrent.

Sa poitrine se gonfla soudain de fierté. Il avait bravé avec succès un homme adulte. Oui, lui !

Ce ne fut que plus tard qu'il prit conscience que l'homme était légitimement plus effrayé que John... car il avait affronté un gamin aux yeux furieux et bien musclé, maladroit mais armé d'une massue de belle taille. L'homme avait donc fait preuve de prudence en s'enfuyant, les pans de sa chemise crasseuse flottant derrière lui comme une réprimande cinglante.

2. LES VENTS DE DÉSORDRE

John évita les collines basses, au cas où l'homme rubicond reviendrait avec ses amis. Il se dirigea vers l'aval et marcha jusqu'à ce que le sommeil l'envahisse. En restant à distance respectueuse du fleuve, il espérait éviter l'orage temporel dont l'homme avait parlé... en supposant qu'il ait dit la vérité.

Le fleuve était toujours visible du haut de la moindre éminence, puisque le sol s'incurvait en direction des territoires situés au-dessus de sa tête. Le miroitement d'eau claire se fondait dans les bancs de boue roussâtre, à cette distance, de telle sorte que John avait de la peine à distinguer les taches d'argent et d'étain gris qui révélaient les mortels courants sous-jacents.

Il s'était réveillé, avait pu manger des fruits au goût de viande en guise de petit déjeuner et venait de se remettre en route quand il ressentit un picotement derrière la nuque. Une onde passa. Elle lui pinça la poitrine et lui piqua les yeux. Des grondements caverneux traversèrent les couches aériennes.

Il leva les yeux. De l'autre côté de l'étendue brumeuse, il distinguait la face opposée du monde. C'était un terrain fait de collines et de vallées peu profondes, grouillant d'un miracle irisé de flore, de lacs pommelés, de cours d'eau sinueux... tous affluents de l'unique fleuve immense. Sous son regard, le dôme se comprima, tel un accordéon dont il avait jadis vu jouer une vieille femme... et l'étau le frappa alors. Il lui appuya sur les côtes, lui tira sur le cou et les chevilles comme pour l'écarteler. Les arbres craquèrent, vacillèrent, et l'un des plus vieux s'écroula tout près de lui. Il gisait sur l'humus moite et odorant là où il était tombé et assistait à une constriction massive de la planète entière qui avançait lentement vers l'aval, une onde oppressante passant puis se relâchant, à l'instar du spasme digestif d'une énorme bête. Les strates gémissaient, les roches se fracassaient. Un ultime grondement semblable à celui d'un marteau de géant retentit au-dessus de la couverture feuillue.

De toute sa vie, il n'avait vu que cinq ondes, et celle-ci était la plus déchirante, car, en la suivant du regard, il aperçut pour la première fois dans ses jumelles les flèches de la cité et en vit une s'écrouler l'espace d'un instant au passage de la lame puissante. Curieusement, il s'était imaginé que les cités... ou plutôt, comme avait dit l'homme, les *bourgades,* terme qu'il ignorait jusqu'alors... étaient des lieux grandioses, invulnérables, échappant aux raclements de la nature brute.

Il reprit son avance. Une illumination violette jouait dans la forêt luxuriante, projetée par une grosse plaque de paroi planétaire à nu qui s'étendait à côté d'un lac brillant, de l'autre côté du monde. Il se mit à songer à la ville, à la manière de retrouver la trace de son père, aussi oublia-t-il l'orage temporel.

Il éprouva d'abord un pincement au creux de l'estomac. Puis l'air humide se déforma, pervertissant les perspectives, et le désordre parcourut les vents.

Ses pieds refusaient d'atterrir là où il les dirigeait s'il omettait de se concentrer, ses yeux étrécis sans cesse fixés sur les membres erratiques. Pesants comme du bois de stère, ses bras prenaient et perdaient du poids en se balançant. Tourner la tête sans calcul entraînait un risque de chute. Il avançait toujours péniblement, haletant. Les heures passaient mollement. Il mangeait, sommeillait, repartait. L'air aspirait la force de ses muscles et traçait des dentelles picotantes sur sa peau.

Les vrilles chuchotantes de stupeur l'abandonnèrent quand il se rapprocha de la cité. Il s'écroula sous la fatigue. Trois flèches étaient encore debout, leur chaux étincelante : c'était le lieu le plus majestueux qu'il eût jamais contemplé. Les maisons de bois pâle verni s'alignaient avec netteté et assurance le long de rues pavées droites comme des aiguilles, les ardoises elles-mêmes taillées au carré.

Ces rues grouillaient d'une population que John était incapable de dénombrer. Des femmes élégantes qui enjambaient prudemment le crottin de cheval, des fêtards grossiers qui titubaient contre les murs, des marchands éléphantins et joyeux, des chicaneurs à l'esprit malsain, des vantards prodigieux, des colporteurs rougeauds qui vendaient des bonbons comme des tromblons. On eût dit des insectes affairés au bourdonnement bavard.

John avait l'impression d'essayer de boire à une cascade. Il erra au milieu de la grille de rues sans se faire remarquer, vivement conscient de l'état miséreux de son costume. Il cherchait l'unique chose qu'il connût : le fleuve.

Le long du quai en roches imposantes, des hommes paressaient dans la chaleur montante encombrée d'insectes. Ils étaient affalés dans des fauteuils au siège fendu penchés en arrière au point qu'ils ressemblaient à des impossibilités dynamiques, le menton sur la poitrine, le chapeau baissé sur leurs yeux ensommeillés. Une truie à six pattes et sa portée passèrent en grognant, effectuant une razzia sur les détritus laissés par les caisses abîmées.

Derrière ce spectacle de lenteur coulait le fleuve, demi obscurci par l'illumination erratique de trois plaques de paroi planétaire, brillant avec chaleur là où la lumière le heurtait franchement. John ôta son sac, s'assit sur la main courante d'un appontement et contempla l'ondulation incessante du fleuve, interrompue par des aiguilles d'argent à nu qui franchissaient la surface, se vaporisaient et disparaissaient.

— Tu cherches du travail ?

La voix était rude. Elle appartenait à un garçon un peu plus vieux que John, mais plus grand, les larges épaules à l'étroit dans la chemise hachurée. Mais les yeux étaient rêveurs, chaleureux.

— Ça se pourrait.

Il allait avoir besoin d'argent, ici.

— Y a pas mal de trucs à décharger. On est jamais trop. (Le jeune homme tendit une large main.) Salut, je m'appelle Stan.

— Et moi John. C'est du lourd ?

— Moyen. On a l'aide des parasiteurs.

Stan fit un geste du pouce en direction d'une rangée de cinq personnages affalés sur la jetée. John en avait déjà vu de la sorte ; en amont, on les appelait des Mênes. Ils étaient tous assis de la même manière, les jambes écartées devant eux, les bras ballants, la colonne vertébrale presque à la verticale. Aucun homme n'était capable de rester longtemps assis de la sorte. Cela ne semblait pas déranger les Mênes. N'importe quoi plutôt que la mort.

— Tu es nouveau ? demanda Stan en s'accroupissant à côté de John et en inscrivant quelque chose sur une tablette avec un bout de crayon.

— J'arrive.

— Un radeau ?

— Une yole. J'ai abordé juste au-dessus de la tempête.

Stan lâcha un sifflement.

— Et tu as fait le tour ? Ça représente un sacré chemin. L'onde t'a aplati ?

— Elle a essayé.

— Tu vas avoir du mal à retourner à ta yole.

— Je pourrais simplement continuer de descendre à pied.

— Vraiment ? (Le visage de Stan s'illumina.) Tu viens d'où ?

— Je ne sais pas.

— La pointe de l'Ange ? Roqueport ?

— J'en ai entendu parler. J'ai vu Alberts, mais il y avait de la brume.

— Tu es d'*au-dessus* de Roqueport ? Alors que t'es qu'un gamin ?

— Je suis plus âgé qu'il n'y paraît, répondit John avec raideur.

— C'est vrai, que tu as un drôle d'accent.

John serra les dents.

— Toi aussi, à mes oreilles.

— Je m'imaginais que de descendre si bas, en temps d'aval, ça rendait malade, ou dingue, ou autre.

Il paraissait véritablement impressionné, il avait les yeux écarquillés.

— Je ne suis pas descendu d'une seule traite. (C'eût été une erreur idiote, même un môme savait cela.) Je me suis arrêté de temps en temps pour... explorer.

— Pour chercher quoi ?

John remua, mal à l'aise. Il n'aurait rien dû dire. Moins on en savait sur vous, moins on pouvait vous utiliser.

— Un trésor.

— De l'hydrogène, par exemple ? Les gros bouts d'hydrogène se vendent bien, par ici.

— Non, plutôt... (John chercha quelque chose qui paraîtrait logique.)... des pierres précieuses. D'antiques rubis et ce genre de choses.

— Sans blague ? Je n'en ai jamais vu.

— Elles sont rares. Abandonnées par les seigneurs et les dames d'antan.

Stan ouvrit la bouche et coinça sa langue contre ses dents du haut en une expression de réflexion intense.

— Euh... et qui c'était ?

— Les gens primitifs. Ceux de l'*antique* temps d'amont. Ils étaient tellement riches, parce que peu nombreux, que les saphirs et l'or leur tombaient du cou et des poignets.

Les yeux écarquillés :

— Sérieux ?

— Ils en avaient tant que c'était de la simple poussière, pour eux. Parfois, quand elles s'ennuyaient, les dames ramassaient une poignée de gemmes, les plus belles, scintillantes et mûres, et en recouvraient leurs grands chapeaux. S'il y avait une inondation, les gens se noyaient et les chapeaux couverts de pierres précieuses descendaient en temps d'aval.

— Des chapeaux ?

Stupéfaction totale.

Un geste nonchalant de la main.

— Pas les chapeaux mous qu'on porte par ici. Je parle de grands chapeaux en... eh bien, en hydrogène.

— En hydro...

Stan s'arrêta, une expression intriguée lui balaya le visage et John vit qu'il allait devoir se rattraper.

— Tu vois, aux temps préhistoriques, l'hydrogène était encore plus léger qu'aujourd'hui. Alors, on le portait en vêtements. Les plus élégants se faisaient faire des gilets, des cols et des chapeaux fantaisie.

Un renfrognement dubitatif.

— Je n'ai jamais vu personne...

— Eh bien, c'est justement pour ça. Ces dames et ces messieurs d'antan, ils ont épuisé tout l'hydrogène. C'est pour ça qu'il a tant de valeur, à présent.

La bouche de Stan s'arrondit en un O de crainte révérencielle.

— C'est fabuleux, tout simplement fabuleux. Ce que je veux dire, c'est que je savais que l'hydrogène était le plus léger des métaux. Et aussi le plus solide. Pas étonnant que ce soit ce que recherchent tous les gros entrepreneurs, et les constructeurs d'engins, mais qu'ils n'arrivent pas à en trouver. Mais... (Il jeta à John un regard suspicieux.)... comment ça se fait que tu es au courant ?

— Comment ça se fait qu'un gamin sait ça ? (Autant lui renvoyer sa remarque.) Parce que en temps d'amont on est plus près des âges archaïques. On cherche ces chapeaux d'hydrogène qui ont descendu le fleuve et se sont échoués.

Stan fronça les sourcils.

— Alors, pourquoi es-tu descendu par ici ?

Un instant, John eut la désagréable impression qu'il était coincé. Toute son histoire allait lui exploser au visage. Il n'aurait pas de boulot et il garderait la faim au creux du ventre, cette nuit.

Il cligna soudain les yeux et annonça :

— En temps d'amont, on a *déjà* les chapeaux qui se sont échoués. C'est ceux qui sont allés plus loin que je recherche.

— Aaahh...

Cette réponse plut à Stan, et il se mit aussitôt à débiter des questions sur les grands chapeaux et la chasse au trésor, sur la façon dont John procédait, sur ce qu'il avait trouvé, et ainsi de suite. Il fut soulagé quand quelqu'un lança :

— Bateau à induction !

Et les quais endormis reprirent vie.

3. LE MÊNE

John eut l'impression que le grand bateau blanc se mettait brutalement à exister, élégant, perçant, se ruant vers eux. Il fendait le fleuve, repoussant l'eau comme un bouclier d'écume, projetant devant lui de grosses gouttes de métal liquide gris acier.

C'était un bâtiment à trois ponts, avec des bastingages clinquants, un kiosque de timonerie pyramidal perché tout en haut. De gros disques épais dominaient chaque flanc, bourdonnant bruyamment tandis qu'il décélérait. Seuls ces disques à induction, qui devaient plonger leurs lignes de champ au plus profond du fleuve pour propulser l'énorme vaisseau, restaient protégés de la pérenne habitude d'ornementation. Les enjolivures décoraient le moindre étançon. Les épontilles devaient être couronnées d'antiques volutes ; le pont volant arborait des sculptures d'anges gardiens ; bossoirs, bômes et tons de mâts portaient des heaumes dorés tronqués.

Les passagers s'alignèrent contre le bastingage tandis que le bateau ralentissait, l'écume bondit dans les airs et les remous éclaboussèrent le quai en pierre. Un coup de sifflet lugubre retentit et les matelots lancèrent les amarres pesantes.

Stan en prit une et l'enroula en expert autour d'une bitte.

— Allez !

Des foules s'étaient formées, surgies de nulle part, apparemment condensées à partir de l'humidité de la jetée et du quai. Un vacarme envahit le bateau à induction. Des caisses et des ballots descendirent, attachés aux élingues des grues. Les chariots allaient et venaient bruyamment pour les emporter, et John se retrouva parmi une bande de Mênes à se débattre avec les masses encombrantes. Une multitude braillait, beuglait et marchandait autour d'eux avec une énergie tourbillonnante.

Les Mênes suivaient mollement les ordres de Stan ; quand ils fournissaient un effort, leur bouche s'ouvrait brutalement et de la salive leur coulait sur la poitrine. Ces cadavres avaient été ramenés très récemment à la vie et ils étaient encore robustes, puisqu'on les avait choisis pour des travaux manuels pénibles. Entre deux chargements, une femme solide qui travaillait à côté de John porta la main sur sa jambe sans la moindre hésitation, puis fit glisser les doigts pour lui caresser les testicules. John recula avec un sursaut, les narines agressées par la puanteur de la femme. Les Mênes étaient avides de vie. Peut-être savaient-ils que, dans quelques mois, ils se ratatineraient et sombreraient dans une hébétude léthargique. La grosse femme lui adressa un regard paillard et lui palpa les fesses. Il s'écarta d'elle en frissonnant.

Et il se heurta à un Mêne dépenaillé qui se retourna paresseusement et marmonna :

— John, John.

Le garçon scruta les yeux vitreux et la bouche molle. Une peau parcheminée s'étirait sur les promontoires sévères du visage ravagé. Des souvenirs s'agitèrent. Un écho lointain dans les pommettes ? Le nez pointu ?

— John... Père...

— Non ! s'écria John.

— John... venu ici... temps...

Le Mêne tendit une main hésitante vers l'épaule du gamin. Il se trouvait au dernier stade titubant de sa seconde vie, l'énergie des noirs mystères lui échappait.

— Tu n'es pas mon père ! Fiche le camp !

Le Mêne resta bouche bée, cligna les yeux, tendit à nouveau le bras.

— Non !

John repoussa brutalement le Mêne qui s'écroula. Il ne fit aucune tentative pour se rattraper et il atterrit comme une poupée de chiffon. Il était inerte, les yeux vitreux fixant l'autre côté brumeux du monde.

— Hé, on t'ennuie ? demanda Stan.

— Oh, c'est simplement qu'ils se sont un peu trop approchés.

John étudia le visage aux mâchoires molles et décida que ce Mêne ne pouvait absolument pas être son père. Aucune ressemblance n'était visible, à présent qu'il procédait à un examen attentif et objectif.

— Laisse-le là, dit Stan d'une voix nonchalante. On a du travail.

John participa au restant du déchargement sans regarder une seule fois en direction de la forme ratatinée. Les dames enjambaient prudemment le Mêne et un passant lui donna même un coup de pied, sans provoquer la moindre réaction.

Le travail était rapide et dur, car le bateau à induction embarquait déjà ses passagers. Quand John revint d'un entrepôt voisin d'où partait le premier chariot, seules des vagues dans le fleuve rayé de boue révélaient que le vaisseau s'était attardé en ce lieu.

4. M. PRESTON

La journée fut longue et pénible, avec le déchargement, le tri et l'empilement de tous les barils, barriques et caisses en bois dans l'entrepôt en pierres croulantes. Stan était sous-agent de l'une des grosses entreprises d'importation et disposait de quantités d'emplois divers, de telle sorte que John resta occupé toute la journée. Les Mênes des quais s'épuisaient rapidement et Stan en fit venir une nouvelle équipe. John ne revit pas celui qui s'était écroulé et n'alla pas le chercher dans le fond malodorant de l'entrepôt où ils étaient rangés.

Le jour de travail se termina comme s'assombrissait la grosse tache de paroi planétaire au-dessus de leur tête. C'était un événement heureux, car les gens préféraient dormir dans les ténèbres et, bien qu'il n'y eût ici aucun cycle jour-nuit, quelques heures d'ombre suffisaient pour plonger la plupart dans le sommeil dont ils avaient besoin. John avait déjà vu une nuit qui durait plusieurs « jours », de telle sorte qu'on en était venu à se demander si la lumière finirait par revenir sur la paroi planétaire. Quand l'éclairage sulfureux était enfin reparu, il avait produit une chaleur étouffante et un éclat perçant si féroce que chacun avait regretté son impatience antérieure.

Stan conduisit John jusqu'à la grande pension de famille où il logeait et le fit héberger en lui laissant à peine le temps de prendre un bain d'eau froide du fleuve avant le souper. A table, John fut stupéfait de voir à quelle vitesse disparaissaient les victuailles, au beau milieu d'un bavardage accéléré, comme si les bouches étaient faites pour mâcher et parler en même temps. Des poulardes rôties bien dorées apparurent sur un plat immense et furent saisies et dévorées avant de l'avoir atteint, mais Stan réussit à en attraper deux pour lui et John. Un homme maigre à barbichette en face de John ne s'intéressait qu'à la satisfaction de sa bouche, à tour de rôle mâchant, plaisantant et crachant sans trop de précision en direction d'un crachoir en laiton placé à côté de lui. Stan utilisait uniquement son couteau pour manger, insérant parfois la lame avec nonchalance jusqu'au fond de sa bouche. John se débrouilla pour absorber des cuillerées de haricots gluants et des tranches épaisses de gibier avant le passage du dessert, préparation composée d'une île de noix sur une mer de crème qui s'enflamma quand un homme la toucha avec son cigare. Stan en mangea un bout, puis il se laissa aller au fond de son fauteuil en osier pour se curer les dents avec un canif brillant, manifestant par là une bravoure tranquille sans parallèle dans tout ce que John avait rencontré.

John n'avait plus alors qu'une seule envie : dormir ; mais Stan l'attira dans les rues affairées. Ils se retrouvèrent dans un bar dominé pendant un certain temps par une femme immense à la langue bien pendue, dont les yeux roulaient dans leurs orbites tandis qu'elle entonnait une chanson à laquelle John ne comprenait rien. Elle finit par s'écraser sur le plancher et il fallut trois hommes pour la porter à l'extérieur. John ne put savoir si cela faisait ou non partie de son numéro, car c'était bien plus amusant que ce qu'elle chantait.

Stan lui offrit un peu de bière brune et profita de l'instant pour lui remettre astucieusement son salaire de la journée ; John eut naturellement l'impression qu'il serait un ingrat s'il n'offrait pas la tournée suivante, qui apparut à une vitesse incroyable. Il avait vidé la moitié de sa chope et commençait à apprécier favorablement la soirée, cette énorme ville complexe, son nouvel ami Stan et, plus généralement, le monde entier, quand il se rappela que son propre père disait que dans leur famille on jetait le bouchon de la bouteille parce qu'on savait avec certitude qu'il ne pourrait plus servir.

Cette association d'idées le troubla, mais Stan soulagea le renfrognement de John en tendant les jambes et en relevant un pied orné d'une chaussette. Une figure avait été cousue sur la chaussette, de telle sorte qu'en agitant les orteils Stan pouvait donner à ce visage des expressions de colère ou de joie, voire la faire cligner les yeux. Stan avait donc une conversation amusante avec ce pied artistique. Mais cela rappela à John sa première journée à l'orphelinat froid et sinistre, quand un garçon de grande taille avait sorti son pied à chaussette grise de sous les draps. John avait cru qu'il s'agissait d'un rat et avait lancé son poignard, qui avait tailladé le pied en question. Un certain temps, il n'avait pas joui d'une grande popularité.

Il sourit alors et sirota encore sa bière. Le visage de Stan pâlit. John sentit une présence derrière lui.

Il se retourna et vit un homme de belle taille vêtu d'une veste de cuir, d'un pantalon noir et d'une casquette bleue insolente. Seuls les pilotes portaient des casquettes semblables à la visière décorée d'éclairs dorés.

— M... Monsieur Prestton, dit Stan.

— Vous avez votre soirée libre, messieurs ? Vous n'avez pas trop à faire pour parler affaires ?

M. Preston afficha un sourire bon enfant, comme il convenait à un représentant de la seule profession libérale vraiment indépendante que connût John. Les seigneurs se trouvaient paralysés par les parlements, les ecclésiastiques subissaient les pressions de leurs paroissiens et même les maîtres d'école avec leur terrible pouvoir travaillaient finalement pour les villes.

Mais le pilote du fleuve d'argent ne connaissait absolument aucune domination. Le capitaine pouvait donner une demi-douzaine d'ordres tandis que chauffaient les moteurs à induction et que le vaisseau reculait paresseusement dans le courant, mais, dès que les moteurs étaient en route, le commandement du capitaine était renversé. Le pilote pouvait conduire l'embarcation exactement comme il le voulait, aboyant des ordres sans consultation ni critique de la part de simples mortels.

Sans en demander la permission, M. Preston prit une chaise à une des autres tables en bois brut et la plaça bruyamment à celle des deux garçons.

— J'ai entendu dire que tu viens du temps d'amont... de *très loin* en amont, dit-il à John.

— Euh, c'est Stan qui vous a raconté ça ? demanda John pour se donner le temps de réfléchir.

— Oui, il m'a averti. Il s'est trompé ?

M. Preston regarda John fixement, sa large bouche formant un angle inquisiteur sous la moustache brune broussailleuse.

— Non, m'sieur. Mais peut-être que... euh... qu'il a un peu exagéré.

— Il m'a dit que tu viens d'au-dessus de Roqueport.

— J'ai aperçu la ville à travers la brume. Celle qui est terriblement perlée et...

— A quelle distance ?

— Pas grand-chose.

— Cairo ?

— Je... ouais, je l'ai évitée soigneusement.

— Décris-la-moi.

— Énorme, plus grande qu'ici.

— Tu vois la pointe ? Avec le banc de sable ?

— Je n'ai pas vu de banc de sable.

— Exact... il n'y a pas de banc de sable. A quoi ressemble la pointe à deux caps ?

— A de la vapeur qui s'élève dans les airs.

— Et où va cette vapeur ?

— Elle jaillit du fleuve et rejoint l'autre cap en formant un arc de cercle.

— Tu es passé sous cet arc ?

— Non, m'sieur. Je suis resté dans l'eau tranquille tout près de l'autre rivage.

— C'est plus intelligent. Cet arc est là depuis que je suis gosse et personne n'a survécu après avoir essayé de passer dessous.

— On me l'a dit aussi.

— Qui ?

— Un type, plus haut.

— A quelle distance ?

Personne ne peut mentir à un pilote, mais on peut enjoliver la vérité. John sirota encore la bière brune qui était assez épaisse pour constituer un second souper... comme semblaient le faire certains habitués du bar... et il répondit :

— Le territoire au-dessus de Cairo. C'est de là que je suis parti.

M. Preston se pencha et avança son menton en galoche avec un air rusé.

— Il y a une grosse barre, par là, et la dépasser doit être facile. Du sable, hein ?

— Non, m'sieur, c'est du fer noir.

M. Preston se laissa aller en arrière et fit un signe au barman, qui tournait autour d'eux en tordant un chiffon sale, pour commander une tournée.

— Exact. Un bouchon a jailli du fond à la suite d'un phénomène terrifiant. D'après les bouquins, c'est un geyser de métal fondu... et non pas froid comme celui qui coule sous le fleuve.... qui a surgi tout fumant à travers la paroi planétaire elle-même.

— Comment est-ce possible ? Qu'est-ce qu'il y a, à l'extérieur du monde ?

— Ce n'est pas une connaissance pour nous, fiston.

— Vous voulez bien ne pas m'appeler fiston, monsieur ?

Les sourcils broussailleux de M. Preston se rejoignirent, car il fut un instant intrigué devant le ton brutalement âpre adopté par la voix de John ; il agita la main en un geste ample et continua :

— Eh bien, Monsieur John, je suis prêt à faire appel à vos services.

Stan assistait à l'entrevue, les yeux lui sortant de la tête. Deux simples débardeurs qui buvaient en compagnie d'un pilote, c'était un peu comme si un rat d'eau allait dîner chez le maire. Quant à la dernière remarque... !

— Ses services ? demanda Stan, incapable de se retenir davantage.

— De la navigation. Il y a eu cinq gros coups de tabac temporels entre ici et Cairo depuis que j'y suis monté.

— Je ne suis pas sûr de connaître si bien le fleuve, marmonna John, l'esprit bouillonnant encore sous des pensées qui s'entrechoquaient.

— Vous avez vu certaines de ces tempêtes ?

— Oui, deux, m'sieur. Mais de loin.

— C'est la meilleure façon, à mon avis, dit Stan avec une jovialité forcée.

Il était encore stupéfait par cette offre.

Le pilote eut une grimace d'acquiescement, expression qui en disait long sur des catastrophes évitées de peu et des amis perdus.

— Vous avez gardé votre yole à distance ?

— J'ai poussé avec la perche et les avirons à la fois. J'ai probablement eu de la chance avec les courants, à vrai dire.

— Une tempête temporelle attire les embarcations en fonction de leur masse, vous voyez ? Le fait que vous ayez ramé est probablement ce qui vous a sauvé, expliqua le pilote. Un bateau à induction, malgré sa puissance, doit être rusé. Son poids peut causer sa perte.

John sirota la bière amère et répondit :

— Je ne sais pas si j'ai vraiment envie de remonter là-haut, m'sieur.

— Je ferai en sorte que vous ne le regrettiez pas. (Le pilote lui jeta un regard louche, comme s'il essayait de lire sur le visage de John quelque chose qu'il n'avouait pas.) J'espérais que vous auriez à faire, là-haut.

Avoir à faire. D'un seul coup, le visage du Mêne surgit dans l'esprit de John et il eut l'impression que la salle se refermait sur lui, son air suffocant chargé d'émanations de cigares. Les nuages de fumée bleue tournoyaient dans la lumière jaune qui suintait des ampoules à filaments plantées sur les murs, chacune de la taille d'une tête couverte d'un chapeau. L'esprit de John était resté à distance de cette pensée, mais le poids de l'incertitude redescendit sur lui. Il ignorerait si le Mêne était son père tant qu'il ne l'aurait pas retrouvé et interrogé.

— M'sieur, il faut que je vous donne ma réponse demain. J'ai une certaine affaire à régler incessamment.

La surprise qu'il lut sur les visages de M. Preston et de Stan était presque amusante. Elle crût quand John se leva, ses talons heurtant bruyamment le plancher, car la bière l'avait empêché de contrôler son mouvement. Il hocha solennellement la tête et, sans mot dire, plongea dans les ténèbres de la rue.

5. LA FILLE DANS LA GLACE

Des formes noirâtres tournaient encore dans son esprit quand il frappa à la porte de M. Preston. John se sentait encore prisonnier de la nuit.

C'était un matin hésitant, la lumière grise perçant le brouillard et traçant des dessins avec les toits sur le fleuve endormi. John apercevait à peine les piquets blancs de la clôture encerclant la cour de M. Preston. Les volutes emperlées étouffaient les détails au-delà de l'allée en brique qui conduisait jusqu'à la maison. C'était une demeure imposante, il devait l'admettre, même dans une lumière aussi diffuse. Elle était dotée de portiques en pin pâle, les colonnes massives couronnées de chapiteaux fleuris. Il actionna encore le heurtoir en fer et le bouton de porte tourna immédiatement, comme s'il était attaché au heurtoir. Un nain répondit, serviteur muet, et il conduisit John le long d'une coursive moquettée.

Il n'était pas préparé au caractère grandiose du logement d'un pilote et il contempla avec une crainte révérencielle le mobilier en acajou, une lampe électrique avec abat-jour en papier jauni et tout un rayonnage de sculptures sonores. Le nain battit en retraite avec un geste vers sa bouche béante et dépourvue de langue, puis vers le tatouage rouge de serviteur pour expliquer son silence.

Des trophées de visions de voyages parsemaient les murs... *Au-dessus des chutes d'Abraham, La quête vol-*

canique, Le cœur de légèreté, Le combat contre la destinée... et une bibliothèque riche, même dans le domaine de l'imaginaire. John avait envie de prendre les feuilles et de les allumer en les caressant mais, quand il tendit la main vers *Le flot du temps* et la laisse des mondes, il entendit des pas pesants et se retourna vers le pilote en uniforme bleu et or.

— J'espère que vous avez réglé cette autre affaire, dit M. Preston avec sévérité.

A ce moment-là seulement, John se rappela clairement son départ brutal de la veille. La ville entourant la salle tapageuse avait englouti les souvenirs. Il s'était faufilé dans les rues étroites alignées de bâtisses grossières qui semblaient se pencher sur les venelles, éclipsant la lueur faiblarde du ciel. Les ruelles moites proches du fleuve étaient encombrées, et il était impossible de les négocier sans trébucher et marcher sur des formes affalées, tels des ballots de vêtements destinés à des chiffonniers.

Les maîtres des Mênes les laissaient là où ils s'allongeaient, certains qu'ils ne bougeraient pas sans être alimentés. Il fallut à John des heures pour retrouver le visage mou qu'il avait vu sur les quais, puis tout aussi longtemps pour s'assurer que le Mêne n'avait pas simplement sombré dans son état de repos. La créature s'était avérée morte, les bras sur les hanches, comme figée dans une roide parodie de danse.

Au matin, le gros propriétaire était arrivé, avait haussé les épaules devant la dépouille et l'avait jetée dans son chariot pour s'en débarrasser. Les questions de John sur le Mêne avaient été écartées : l'homme n'en connaissait pas le nom, ni l'origine sur le fleuve. Et la dernière vision qu'avait eue John de ce visage l'avait bouleversé un peu plus encore, comme si, dans sa mort ultime, le Mêne donnait son dernier secret. La ressemblance avec son père était nette, bien que les souvenirs de John sur sa petite enfance fussent voilés par la rage, l'inquiétude et la pauvreté des années suivantes.

Ce fut donc avec la fatigue dans la moindre des fibres de son corps mais aussi une résolution renforcée que

John, de marbre près de la cheminée en chêne, annonça à M. Preston :

— Je viens, monsieur.

— Foutrement bon ! Tiens, vous avez déjeuné ?

Des matefaim et des beignets de farine de maïs, apportés par la maîtresse de maison, accaparèrent rapidement l'attention de John tandis que le pilote le régalait de légendes et de récits. John réussit à conserver un peu flous les détails de son long voyage en aval et fut distrait dans cette tâche par la collection de curiosités de M. Preston rangées le long des murs. C'étaient des cristaux, des pierres d'une couleur bizarre qui trahissait les ravages de l'action volcanique, un cerceau de cheveux ancestraux, cinq têtes de flèche en silex datant d'une époque légendaire et des produits artisanaux dont John avait vu des douzaines d'exemplaires auparavant. A côté de ceux-ci étaient posées des images sous cadre en bronze représentant des enfants, des oncles et autres, l'air maladif, tous disposés maladroitement et endimanchés pour leur passe d'armes avec l'immortalité.

Ces souvenirs n'étaient rien comparés au gros cube transparent qui dominait la table de la salle à manger. Il produisait un air froid et John le prit pour de la glace, mais en mangeant il ne vit aucune goutte d'eau couler sur les faces lisses. A l'intérieur de sa lumière blanc bleuté étaient suspendus de petits objets d'art : un filigrane doré, un bout de quartz aux arêtes vives, deux gros insectes aux frêles antennes et la statue miniature d'une jeune fille adorable aux cheveux roux portant une robe blanche légère.

Il avait presque fini d'absorber les matefaim à la molasse et d'engloutir une tasse de café quand il se rendit compte que l'une des ailes d'insecte s'était abaissée. Gardant une oreille attentive aux paroles du pilote, qui s'était apparemment lancé dans le premier jet d'une autobiographie orale en quatre volumes, il constata que la jeune fille tournait lentement sur le gros orteil de son pied droit, la robe collant à sa jambe gauche, puis s'envolant gracieusement en un disque virevoltant de délicatesse veloutée.

Déjà, les insectes avaient tous deux effectué un quart de battement d'ailes diaphanes. Ils se dirigeaient vers la fille. Leurs yeux à facettes palpitaient et s'agitaient avec une vigueur qui devait être passionnée pour eux, mais n'était pour John qu'une arabesque léthargique de mauvais augure.

Le pilote interrompit son monologue.

— Ah, la chasse. Magnifique, n'est-ce pas ? Je la regarde depuis si longtemps qu'il aurait pu me pousser trois barbes.

— La fille, elle est *vivante* !

— Il semblerait. Mais je suis incapable de dire pourquoi elle est aussi petite.

— Où avez-vous trouvé ça ?

— Très bas en aval.

— Je n'avais jamais rien vu de tel.

— Ni moi. En fait, vu la qualité du travail, je soupçonne la fille d'être réelle.

— Réelle ? Mais elle n'est pas plus grosse que l'ongle de mon pouce.

— Je suppose que c'est dû à une quelconque distorsion de la lumière.

— Et ces insectes...

— Ils ont à peu près sa taille, c'est exact. Peut-être sont-ils agrandis, à l'inverse de la fille.

— Et si ce n'est pas le cas ?

— Alors, quand ils la rejoindront, ils passeront un joyeux quart d'heure. (Le pilote eut un large sourire.) J'ai payé le salaire d'une semaine pour acquérir ça. Le petit bijou doré, il tourne aussi, vous voyez... ?

Interdit, John sentit une onde nouvelle d'air âprement glacé s'échapper du cube de temps silencieux et ralenti. Il eut envie d'écraser ce coin blanc bleuté de rythme embourbé, de libérer ses époques comprimées, ses perspectives emprisonnées et écroulées. Mais l'objet appartenait au pilote et ce genre d'homme comprenait mieux que quiconque les contorsions temporelles. Peut-être était-il normal que ces babioles fussent sa propriété.

Il n'en fut pas moins soulagé quand il s'esquiva de la salle à manger et sortit dans la nappe de brouillard.

6. A REBROUSSE-TEMPS

Ils devaient larguer les amarres le jour même. John n'avait jamais connu une crainte révérencielle telle que celle qui le saisit à l'instant où il remonta la passerelle pour poser le pied sur le pont déjà vibrant.

Jamais il n'était allé au-delà d'un regard de respect et d'humilité extrêmes quand l'un des bateaux à induction fendait le fleuve de sa proue aiguisée comme un rasoir. M. Preston l'accueillit avec un simple hochement de tête, très mesuré comparé à sa loquacité du petit déjeuner. Sans grande cérémonie, il reçut ses papiers d'embauche. D'autres membres d'équipage serrèrent la main de John sans plus d'empressement que pour les simples voyageurs. Les passagers payants étaient naturellement considérés avec le plus grand des mépris par tous les bateliers, en allant jusqu'aux derniers des mousses. John voyait bien dans le regard quelque peu distant et vitreux des hommes et femmes d'équipage qu'on jugeait au moins, sous condition, qu'il appartenait à la famille humaine.

— Vous avez subi la petite bourrasque, devant nous ? lui demanda M. Preston comme ils remontaient les trois volées de marches extérieures conduisant au kiosque du pilote.

— Non, m'sieur. Je suis descendu à terre, j'ai rangé ma yole et j'ai fait le tour.

— Hum. Dommage. Je pense que je vais filer de l'autre côté du courant et rester à distance.

— Oui, m'sieur.

Le chargement s'achevait, la soif de fleuve qu'éprouvait le bateau envoyant de vigoureuses vibrations dans les airs. Le fret quittait les chariots en tournoyant et s'envolait sous les mains des débardeurs, des Mênes pour la plupart. Les passagers en retard arrivaient à toute vitesse en évitant les caisses et les fûts qui attendaient d'être chargés. Les femmes portant des cartons à chapeau et des sacs d'épicerie houspillaient leurs maris en sueur, qui traînaient des valises en tapisserie et des bébés hurleurs. Les fardiers et les triporteurs à bagages grinçaient sur les pavés, et leurs trajectoires se coupaient plus souvent que n'auraient pu le permettre les lois de la probabilité, brisant caisses et pots. Les jurons empourpraient l'atmosphère. Les guindeaux claquaient dans les panneaux de l'avant à l'arrière.

John adorait ce tumulte et ce tintamarre, le ronronnement et le vrombissement de toute cette détermination. Le commissaire lança :

— Que toutes les personnes qui ne partent pas retournent à terre !

La cloche sonna une dernière fois et les ponts encombrés du *Natchez* déversèrent leur fardeau jacassant sur la passerelle de coupée... flux violent que durent combattre les quelques derniers passagers retardataires. La planche rentra dans les flancs du navire et un homme de grande taille arriva en courant, essaya de franchir la distance en sautant. Il s'accrocha au plat-bord et une femme d'équipage le hissa jusque sur le pont, mais sa poche arrière s'ouvrit et son portefeuille tomba lourdement dans le fleuve. La foule sur le rivage éclata de rire et une femme dut l'empêcher de plonger à la recherche du précieux objet.

John observait tout ceci du haut du saint des saints élevé du kiosque de timonerie. C'était un lieu élégant, du verre dans tellement de directions qu'il dut compter pour s'assurer que les parois transparentes n'étaient qu'au nombre de quatre. Le capitaine était assis à côté du pilote, tous deux revêtus de leur uniforme bleu et or foncé, et un sifflement inquiétant se mit à retentir. Le pavillon orange monta sur le mât de beaupré et le bateau cessa de dériver. Un transfert de force pénétra le pont et les trois cheminées plantées au milieu du bateau crachèrent une fumée grasse.

La foule le long du quai lança ses messages de dernière minute, ses applaudissements, et le vaisseau s'écarta rapidement, accéléra en captant avec les champs d'induction les lames du fond métallique sous les eaux. La ville diminua à une vitesse époustouflante, les personnes massées sur les quais se transformant en poupées vivantes qui rosirent et se marbrèrent sous les yeux de John.

— C'est le flux temporel, expliqua M. Preston en remarquant les sourcils froncés de John. Je nous ai immédiatement verrouillés dessus. Les images que nous distinguons sont ratatinées et déformées.

Le rivage était déjà moucheté de rouge et de bleu tandis que le temps se déplaçait et coulait autour du bateau, les tapes et les lames des courants résonnant en notes basses que John ressentait à travers ses bottes à talons épais.

Ceci afin de voguer à travers la durée, de s'arracher à la certitude d'un temps patient et opiniâtre... et John sentait une nausée amère lui serrer la gorge. Il fut envahi par le désarroi en sentant l'accélération au plus profond de son être... une augmentation non seulement de la vitesse, mais de l'essence qu'il savait gouverner le monde et que nul ne pouvait percevoir, la force d'espace et de temps enchevêtrés. Le pont bien solide se fit glissant comme un serpent, l'air épais bourdonna et bifurqua autour de lui, le monde entier afficha un teint couperosé. Son corps combattit longuement et douloureusement, tiré à hue et à dia, la poitrine comprimée, les entrailles liquéfiées, les genoux cotonneux... puis, mystérieusement, ses muscles retrouvèrent leur équilibre, sans le moindre effort conscient. Il avala une goulée d'air qu'il trouva moite et savoureux.

— On se reprend. (Il voyait à présent que M. Preston l'avait surveillé.) Je pensais bien que vous vous en tireriez, mais pas moyen d'en être sûr avant d'avoir fait l'expérience.

— Et si j'avais échoué ?

Le pilote haussa les épaules.

— Je vous aurais débarqué à la prochaine escale, sans plus.

— Et les passagers ?

— C'est plus facile, là-dessous. Ici, en haut, les mascarets sont pires.

— Les mascarets ?

Il étudia l'étendue du fleuve qui paraissait lisse comme le plateau d'une table.

— Pas les mascarets du fleuve... les mascarets temporels. Les passagers à la tête et à l'estomac affaiblis peuvent simplement s'allonger jusqu'à leur arrivée. La plupart en tout cas.

John s'était toujours figuré que le travail de pilote consistait à conserver le bateau sur le fleuve, ce qui n'avait rien d'un exploit remarquable, vu la largeur de celui-ci. En observant en silence M. Preston qui s'insinuait entre les remontées de boue brun-roux, puis glissait avec une grâce liquide le long d'un récif de brome couleur or patiné, il vit la souplesse, l'aisance qui naissait de la barre aux rayons en chêne, du marmonnement animal bien orchestré des moteurs à induction, de la construction géométrique de la gouverne et de la proue. Interrompre cette élégante gavotte n'était pas seulement importun et dangereux, mais aussi esthétiquement atroce.

John découvrit ceci quand une gabare descendant dans le violent courant central coupa la route au *Natchez*. Plutôt que de dévier de son élégante trajectoire, M. Preston coupa les deux rames d'arrière de la gabare. Les bruits de craquement et de grincement avaient à peine cessé qu'une volée de jurons bien sentis monta de l'essaim de visages empourprés qui passaient à tribord. La figure de M. Preston s'illumina d'une joie sans mélange, car, à la différence de l'équipage du *Natchez*, c'étaient là des cibles auxquelles il pouvait répondre.

O joie ! Il ouvrit brutalement la fenêtre coulissante, sortit la tête et cracha une lave verbale en direction de la gabare. Comme les deux bateaux se séparaient et que les malédictions des rameurs faiblissaient, celles de M. Preston ne firent que gagner en volume et en férocité, invoquant des dieux et des forfaits dont John n'avait jamais entendu parler. Quand M. Preston referma la fenêtre, il s'était vidé de toute méchanceté, toutes les tensions du départ s'étaient enfuies.

— Bigre, monsieur, c'était du joli, fit une voix au côté de John.

C'était Stan, qui rayonnait d'appréciation devant ces grossièretés épicées.

Cette apparition n'était pas opportune. M. Preston le transperça du regard.

— Des mousses qui donnent leur avis ? Le nez sur le plancher, toi !

Il fallut des heures à John pour apprendre pour quelle raison Stan se trouvait à bord du *Natchez*, car celui-ci passa tout ce temps à manucurer le kiosque de pilotage déjà immaculé, puis les escaliers et les coursives en fer alentour. Quand John le repéra en train d'avaler une tasse fumante de haricots noirs dans l'arrière-cuisine, Stan se fit plus éloquent.

— Le *trésor*, c'est pour ça que je me suis enrôlé. Etre mousse ne rapporte presque rien et le flux temporel m'a rendu malade une ou deux secondes, mais je vais tenir le coup.

— Euh, un trésor ?

— Je me suis mis à la recherche des chapeaux en hydrogène. Personne n'en a jamais aperçu aussi en aval, alors j'imagine que tu les as dépassés, John, avant d'arriver jusqu'à nous. Ils sont restés en amont de chez nous, c'est sûr. John dodelina en écoutant Stan déblatérer au sujet des saphirs étoilés, des gros rubis qui les attendaient, et il eut de la peine à éviter de s'esclaffer et de tout lui avouer. D'un autre côté, le mensonge lui avait procuré un ami en un lieu qu'il trouvait intimidant.

— Dommage que tu aies dû abandonner ta quête, ajouta Stan d'une voix rusée.

— Quoi ?

John utilisait un bol de haricots bleus pour occuper sa bouche et il avait été pris par surprise par cette curieuse remarque.

— Tu es allé trop loin aussi dans l'autre sens. Le Mêne que tu voulais retrouver. Seulement, ce que tu cherchais, c'était l'homme dans sa première vie, et celle-ci se trouve en temps d'amont.

Que Stan ait pu gober l'histoire des chapeaux en hydrogène tout en reconstituant la vérité sur le père de John à partir de petits détails le laissa ébahi. John l'accepta donc avec un grognement et un dodelinement réticent, mais il cessa toute discussion.

Tout au début de sa descente temporelle, il avait appris à ne pas permettre à autrui de profiter d'un récit sentimental sur un pauvre gosse dépourvu de l'amour d'une mère et du bras robuste d'un père, propulsé sans ami au beau milieu de la charité glaciale d'un monde sentencieux. Ce n'était pas du tout cela et, s'il racontait la vérité, tout le monde reculait, les yeux agrandis par l'horreur.

7. TURBULENCE TEMPORELLE

Les eaux paisibles du fleuve étaient proches de la berge. Là, les courants profonds de brome et de mercure offraient aux bobines à induction une prise solide, alors que le courant de l'eau coulait surtout au milieu du lit du fleuve. Ici, les courants de brome qui vaporisaient les coques ne franchissaient pas la surface, de telle sorte que les quarts étaient assez décontractés.

M. Preston expliqua que le *Natchez* devait longer la rive, le séparant des bâtiments descendant vers l'aval, paressant au milieu en profitant du courant vif. John apprit quelques trucs pour négocier les pointes, les méandres, les barres, les îles et les hauts-fonds qui encombraient la route. Il avait décidé très tôt que, s'il devait jamais devenir pilote, il s'en tiendrait à descendre le courant temporel et laisserait la remontée à ceux qui affectionnaient la prudence.

Mais les tempêtes temporelles affligeaient les deux sortes de bâtiments.

Les ténèbres murmurantes tombèrent comme ils traversaient le fleuve devant le tourbillon temporel en attente. Il s'élevait tel un siphon au milieu du fleuve, alors que des rapports datant de la veille en ville affirmaient qu'il était accroché au rivage opposé à celui où le *Natchez* avançait prudemment.

— Il file vite, annonça sévèrement M. Preston à la barre.

La colonne tourbillonnante d'écume blanche tachetait

et rougissait les images de la forêt et de la plaine au-dessus d'elle. John se tenait dans le coin du kiosque de pilotage et ne tarda pas à épuiser tout ce qu'il pouvait se rappeler des jours d'orages précédents, en vain d'ailleurs puisque la tempête avait grandi pour prendre la forme d'un nœud en huit qui crachait des jets d'eau noire et de métal gris.

La pluie martela les fenêtres du kiosque. L'air du cyclone aspirait la lumière qui les entourait. Des dessins noir bleuté à claire-voie se tracèrent au-dessus d'eux. En direction du rivage, John vit les arbres se fondre en découpes arachnéennes. Les rafales fouettaient et martelaient le *Natchez*, inclinant les arbres et retournant leurs feuilles de telle sorte que des ondes de couleur parcouraient la couverture végétale. Les arbres agitaient les bras comme s'ils étaient pris de panique et, avec un cri strident, l'une des cheminées du *Natchez* s'arracha, se fendit et sa partie supérieure s'abattit sur le pont avant. L'équipage courut la dégager et la jeter par-dessus bord. John vit Stan parmi les hommes, sciant frénétiquement tandis que le vent les faisait presque s'envoler. Des hurlements grossiers fleurissaient sur les lèvres, si proches que John pouvait lire dessus, mais une bourrasque emporta les paroles.

Ce vent n'avait rien d'ordinaire. Il déchirait et tranchait l'air, déformant les images de telle sorte que les hommes semblaient peiner au ralenti, puis accélérer frénétiquement, étirés, secoués, martelés sans cesse par des forces invisibles.

Puis... *chhhhhtttt !*... un sifflement de vide plaqua une magnifique lumière éclatante dans le ciel. Un rougeoiement céleste inonda le pont. Mais à terre la nuit subsistait. La cime des arbres plongeait et luttait contre des antagonistes imaginaires. Un mascaret surgit au milieu du fleuve.

Une autre *chhhhhtttt !*... un craquement, et le bateau tomba de toute la hauteur d'un homme en produisant des éclaboussures d'effervescence brûlante. En un fragment de seconde, l'air redevint aussi sombre que le péché, et le tonnerre gronda dans le ciel comme des futailles vides que l'on fait rouler dans un escalier en pierre.

Puis ils sortirent, la tempête redevint une protubérance scénique sur un fleuve paisible et le pilote annonça :

— La turbulence temporelle fut dérisoire, cette fois-ci.

Ce n'était pas du tout l'impression de John, mais il s'assit sur un tabouret et remit de l'ordre dans sa respiration.

Quand il revit Stan un peu plus tard, celui-ci lui demanda, surpris :

— Tu t'es fait un tour de reins ? Tu as une tendinite ? Je ne ressens rien de tel.

Et John comprit que les déplacements et l'instabilité du temps comme de l'espace étaient le propre de l'observateur. Mais la cheminée tronquée, restaurée à la hâte par Stan et les autres avec force transpiration, proclamait combien pouvaient être réelles les oscillations temporelles.

Ils traversèrent encore le fleuve, évitant une grosse barre d'aluminium qui miroitait tristement, capable d'arracher en un instant la coque d'un bateau à induction. Ceci rapprocha le *Natchez* du rivage où John avait laissé sa yole. A l'aide des jumelles de M. Preston, il scruta les fourrés bleu-vert mais n'en découvrit aucune trace.

— Quelqu'un me l'a volée ! annonça-t-il, ulcéré.

— Ou l'a mangée, dit le pilote avec un sourire.

— Je n'ai pas fait pousser cette yole, elle n'est pas en vie ! Je l'ai créée à coups de scie et de marteau.

— C'est peut-être le temps qui l'a dévorée, fut la seule conclusion du pilote.

Le rivage, émulsion bleu-vert, semblait liquide et vague. Au fur et à mesure qu'ils remontaient le courant, son respect pour le pilote ne faisait que croître. Aucune proéminence ne présentait sa forme suffisamment longtemps pour que John pût décider quelle était sa vraie forme. Les collines fondaient comme des mottes de beurre sur une table de salle à manger l'après-midi d'un dimanche caniculaire.

Pourtant, M. Preston parvenait à faire valser le *Natchez* à tribord à un point précis, de peur, expliquait-il, que le bâtiment n'entre en grave mésentente avec une souche qui lui déchirerait la coque de la proue à la poupe en moins de temps qu'il n'en faut pour bâiller. L'étendue d'eau ténébreuse et de métal paresseux semait des pièges à l'intention des temponautes de tous les tirants d'eau.

M. Preston frôla la pointe d'une île où un petit vortex temporel venait de rompre la surface du fleuve, si près que les arbres cognèrent et griffèrent la proue, faisant presque basculer par-dessus bord un passager trop curieux... qui débarqua à la hâte à la première escale en oubliant ses bagages. Il raconta en bégayant qu'il avait aperçu des femmes décapitées flottant dans les airs. L'équipage s'esclaffa et se livra à des grimaces. John fit de même.

8. LA GLACE DÉVORANTE

Les caprices des navires à induction constituaient une légende terrifiante. La plupart des gens qui habitaient près du fleuve (et en fait la plupart préféraient s'installer ailleurs) affirmaient avoir vu des bateaux qui prenaient vie à quai en un clin d'œil, débarquaient des passagers et des bagages en toute hâte, et filaient aussitôt en un gémissement pour devenir une écharde très mince qui s'élevait parfois dans les airs avant de se ratatiner dans le néant.

Les gens qui essayaient de rester à hauteur d'un bateau ressentaient une pression semblable à une énorme main invisible posée sur eux. Ils s'épuisaient, surtout en remontant vers l'amont. C'est ainsi que la plupart vivaient à moins d'une journée de marche de l'endroit où ils étaient nés. Grâce à de pénibles efforts, un homme ou une femme robuste pouvait rejoindre à pied ou à cheval une ville lointaine pour aller faire provision de graines, par exemple, ou acheter des marchandises. La plupart préféraient laisser les navires à induction exécuter leur travail en amont et en aval, transportant des ballots de lingerie fine, disons, et rentrant avec des merveilles achetées dans de grands magasins après commandes passées d'après des catalogues tapageurs.

D'autres, en revanche, mais toujours dans le même but, prenaient un billet de bateau pour profiter du voyage lui-même. Les grands salons du *Natchez* étaient richement dotés en fauteuils opulents et canapés rembourrés, les entrées décorées de filigranes en bois blanc ivoire aux dessins fantastiques décrivant des scènes célèbres de distorsion temporelle. Dans le salon principal, une fresque symbolique en technicolor représentait les plus grands pilotes et, dans les cabines de première classe, un bouton de porte en porcelaine et une authentique toile à image faisaient apparaître un spectacle artistique à la moindre caresse. Les salons possédaient des plafonds incurvés ornés de dorures élégantes et de lustres aux gouttes de cristal tombant en cascades. Les passagers de jour pouvaient remonter leurs manches et utiliser toute une rangée de pistes de quilles chez le barbier, qui se targuait également de disposer de toilettes publiques, de peignes publics bien raides et d'un savon public odorant.

Tout ceci impressionnait fortement John. Même dans la demeure du pilote, jamais il n'avait rencontré une telle opulence, une telle beauté. Les passagers, les yeux écarquillés, qui montaient des petits hameaux miséreux dispersés le long du fleuve, faisaient écho à sa révérence. Mais, au bout de trois jours de voyage, il avait acquis une certaine assurance et il considérait désormais ces grossiers voyageurs en vêtements informes avec le même mépris hautain que les plus anciens de l'équipage.

Certes, il ne logeait point dans la même sphère que le pilote en personne. Le visage de M. Preston affichait des rides obtenues par l'observation de conflits immémoriaux de potentiels temporels divergents. Son discours passait des intonations élégantes et distinguées du temps d'aval au jargon traînant du peuple. Les pilotes naviguaient dans l'éternité et ils le savaient fort bien.

John était là pour ses connaissances relativement utiles et non pour son talent. Aussi, quand les bobines à inductions se figèrent, il descendit à toute allure au premier aboiement du capitaine, comme Stan et tous les autres. M. Preston resta dans son kiosque, bien entendu.

La vaste salle des machines était un entrelacs bruyant d'ordres et de corps. L'énergie qui les propulsait en temps d'amont provenait des deux énormes armatures en cuivre qui tournaient, quand elles fonctionnaient normalement, entre de monumentaux aimants en fer noir.

Normalement, plonger dans le passé du fleuve aurait dû absorber des monceaux d'énergie au métal tournoyant. Mais, en coupant à travers le courant, en sinuant parmi les récifs et les hauts-fonds de brome, le pilote se retrouvait parfois en train de naviguer à contre-courant de la normale, remontant un moment vers l'amont, du moins en ce qui concernait le courant d'eau normal, mais vers le temps d'aval du point de vue des contorsions temporelles.

De ceci on ne distinguait rien en général, bien que John crût avoir une vague vision d'un énorme vaisseau-fantôme au beau milieu du fleuve, mais qui n'exista que l'espace d'un battement de cils. Il possédait de grosses cheminées qui crachaient une fumée noirâtre, les hublots débordant de lumière violette. Un bâtiment qui flottait dans les airs tel un insecte gargantuesque, les turbines remuant la brume à l'instar d'un moustique prédateur boursouflé sur le point d'attaquer une baleine métallique.

Puis... *sssttppp !...* le vent siffla là où avait flotté la vision et un cri annonça le branle-bas.

Stan lui montra les tuyauteries et les câblages matelassés, déjà recouverts d'une couche de glace dure et laiteuse de l'épaisseur d'une main. Les chaudières irradiaient une chaleur intense, mais le passage temporel à l'intérieur des tuyaux et des câbles aspirait l'énergie tellement rapidement que la glace n'arrivait pas à fondre.

John et les autres hommes se mirent à attaquer la glace à coups de marteau et de pic. Un morceau tomba dans la main de John et il aperçut un instant la surface d'un tuyau qui donnait dans l'intérieur des moteurs à induction. Bien que fait d'un cuivre tout à fait normal, le tuyau était à présent d'un noir inquiétant.

Il approcha le nez pour vérifier s'il pouvait voir et entendre le craquement de l'air qui se congelait sur le métal.

— Hé, recule ! cria un matelot en l'écartant brutalement au moment même où l'ouverture se refermait violemment... l'air se précipitant dans le vide ainsi créé et gelant instantanément en aspirant encore plus d'air.

Un autre homme n'eut pas autant de chance que John et se retrouva avec trois doigts coincés et totalement gelés dans une brèche momentanée de la glace de tuyauterie. Ses cris détournèrent à peine deux ou trois têtes, car chacun s'attachait à briser et faire fondre le fardeau blanc qui ne cessait de se développer.

Un câble ployant sous l'accumulation de poids se brisa avec un bruit sec. Le gémissement aigu de l'énergie électrique faiblit aussitôt et John éprouva une véritable terreur.

Il avait entendu tant d'histoires de bateaux à induction totalement congelés, le froid infini du temps inversé leur aspirant chaleur, vie, air et identité. On retrouvait les vaisseaux vaincus, chronologiquement déplacés sur des ans et des kilomètres par rapport à leur emplacement présumé, icebergs d'ivoire perpétuels dérivant sur le fleuve apparemment placide.

John taillait, poussait et enfin martelait la glace. La couche de givre gémissait, palpitait et craquait en gonflant, comme une créature vivante qui souffre.

De l'autre côté de la salle des machines, il entendit un autre cri quand une femme se fit prendre la cheville dans la glace vorace. Les vents hurlaient pour aller remplacer l'air en condensation. Les voix de l'équipage s'élevaient sous l'effet de la panique.

Et les beuglements du capitaine résonnaient par-dessus tout cela, donnant des ordres...

— Appuie là-dessus ! Pousse donc, mec, mais *pousse* sur ce levier ! Thomson, cours vite là-bas ! Écrase-moi ça, fiston !

... et brutalement les vents hurleurs baissèrent, la glace cessa de grossir.

— Ah, soupira le capitaine, ce pilote daigne enfin nous diriger correctement.

John se sentit quelque peu offensé par cette remarque, car aucun pilote ne pourrait jamais lire le vecteur véritable du flux temporel. M. Preston les en avait sortis, et cela suffisait.

On racontait d'abominables histoires à propos de vaisseaux mal dirigés. A propos de bâtiments à induction qui se précipitaient en temps d'amont sans aucun contrôle... des vaisseaux-icebergs à l'équipage surgelé qui remontait le courant en hurlant vers le commencement du temps. A propos de fuyards en aval, rayures chauffées à blanc qui explosaient, longtemps avant d'avoir pu atteindre la légendaire cataracte au bout de l'éternité.

Mais le capitaine ne fit aucune allusion à tout cela. John apprit alors que la position élevée du pilote implique des critiques sans pitié au moindre soupçon d'imperfection.

9. CAIRO

Caisses, barils et futailles encombraient le quai, mais ne pouvaient dissimuler à partir du kiosque de timonerie la beauté verdoyante de la ville tentaculaire.

Même les ensembles d'entrepôts jaillissaient du sol, verts et frais comme le printemps. Cairo avait perfectionné l'art de plus en plus courant du développement à partir de son propre humus extrêmement riche. Cet art était bien plus simple que la plantation et la culture des arbres, que l'on abattait ensuite, que l'on équarrissait avec des scies à bande, que l'on débitait puis travaillait artistement en planches, poutres, chevrons, solives, merrains, lattes et douvains... tout cela pour se faire un abri.

Une grâce aussi simple nécessitait naturellement une connaissance plus profonde. Les gens de Cairo plongeaient jusqu'au fin fond tortueux des créatures vivantes.

Le *Natchez* lança trois coups de cloche en accostant. Les hommes d'amont avaient souvent une femme dans chaque port et les cloches annonçaient de quel capitaine il s'agissait, de telle sorte que la dame concernée pouvait venir l'accueillir... parfois l'espace d'une heure ou deux, dans sa cabine, avant un nouveau départ vers le port suivant du temps d'amont. Les caprices et lubies des courants temporels causaient bien des rendez-vous hâtifs. Mais le capitaine pourrait jouir d'un nouveau batifolage succulent assez rapidement... s'il en était physiquement capable.

Une dame au visage empourpré frôla John sur la passerelle de coupée comme il descendait à terre. Il ne lui accorda aucune attention, absorbé qu'il était par l'idée de la bordée qu'il allait tirer dans la plus grande cité du fleuve.

Il avait la tête farcie de tous les contes qu'il avait entendus dans le kiosque de timonerie et il savait quel défi il allait à présent devoir relever. Il se rendit immédiatement à l'hôtel de ville et consulta l'état civil. Il ne trouva aucune notation concernant son père, mais il faut dire qu'il n'avait guère nourri d'espoirs sur ce plan. Son père n'était pas du genre à laisser quelque chose derrière lui pour revenir le manger par la suite comme le fait un chien. John ravala son désappointement et laissa sa colère qui bouillonnait depuis si longtemps lui infuser une énergie nouvelle.

Stan le rattrapa et ils arpentèrent les rues ensemble, Stan bavardant tandis que John allait à grands pas, les mains dans les poches, ensorcelé par le spectacle.

Les maisons végétales s'élevaient naturellement du sol fécond. Les grainetiers s'annonçaient par des enseignes voyantes, du genre qui affichait les mots en entier avec des tubes au néon tapageurs : *Hortitalent*, *Pousse-maison*, voire *Fleur-du-foyer à la carte*.

Ils passèrent parmi les bars tonitruants, les voies piétonnières en arcade, les cercles d'usines grimpants. Ils les trouvèrent d'une élégance fluide et nonchalante, l'atmosphère moite sous les parfums issus des bois satinés. Les femmes faisaient fonctionner des métiers qui poussaient à même la terre humide. Stan demanda à l'une de ces ouvrières pour quelle raison elles ne pouvaient faire directement pousser les vêtements sur les buissons, à quoi elle lui répondit en riant :

— La mode change trop vite pour ça, monsieur !

Et elle étouffa un gloussement devant le pantalon déformé et la veste flasque de Stan.

Ceci mit Stan d'humeur à batifoler, et John ne tarda pas à se retrouver en train de déambuler dans une rue mal éclairée qui empestait « la bière usagée », comme l'annonça Stan.

Les femmes qui s'appuyaient mollement sous les porches étaient mal fagotées, avec leurs corsages écarlates et leurs corsets noirs à baleines. John se sentit rougir et se rappela la lointaine époque à l'école du comté qu'il avait dû fréquenter. On se moquait de lui simplement parce qu'il venait de l'orphelinat. Son professeur de gymnastique leur avait donné une feuille de papier spécial et un crayon qui écrivait de manière invisible, avec pour instruction de dessiner un cercle chaque fois qu'ils se masturberaient... « serreraient la main de votre meilleur ami », disait-il. L'invisibilité était destinée à prévenir tout embarras né de la découverte de leur acte.

A la fin du mois, ils avaient tous apporté leur feuille. Le professeur les avait alignées, puis il avait plongé la salle dans les ténèbres et allumé une lampe spéciale. Sa lumière violette révélait les cercles, rangées après rangées, aux yeux des gamins soudain silencieux.

— Ceci, avait dit le professeur, c'est la façon dont Dieu vous voit. Votre vie intérieure.

Le but de l'exposition de ce péché était naturellement d'amener les garçons à en réduire la fréquence, car la dissipation du solitaire Onan sapait les dons intellectuels... en théorie, du moins. En fait, cela les conduisit à d'interminables vantardises, car, après qu'ils furent revenus à la lumière du jour, chacun connaissant son nombre de cercles pouvait prétendre au nombre le plus élevé, c'est-à-dire cent sept.

John n'était allé qu'à quatre-vingt-six, quelque peu intimidé par l'exercice en soi, et il avait eu l'impression que, s'il avait su la réaction de chacun, il aurait pu facilement dépasser les cent.

A présent, à Cairo, alors que les femmes lui étaient accessibles pour la première fois de sa vie, il avait toute confiance en ses capacités et n'était que légèrement tendu, mais il n'arrivait pas à être séduit par leurs œillades laquées, leurs doigts peints et leurs sourcils bleus. Il avait l'impression que faire ceci en ces lieux alors qu'il avait d'autres choses en tête avait un petit côté malsain. Stan se moqua un peu de lui et John réagit par des paroles injurieuses, pour la plupart apprises récemment auprès de M. Preston.

La colère lui étreignait l'estomac. Il laissa Stan marchander avec une femme à la peau laiteuse, qui faisait sa publicité grâce à ses cheveux roux et des hanches apparemment aussi larges que le fleuve ; il se dirigea au hasard dans la cité ténébreuse.

10. LE MAÎTRE DES MÊNES

Des labyrinthes de géométrie noire comme la bile l'enfermaient. Tandis qu'il se frayait un chemin parmi les grosses bâtisses commerciales proches des quais, les conversations des passants lui parvenaient, étouffées et légèrement discordantes. Ici, c'était le royaume des petits boulots, ainsi que des fonderies, des ateliers mécaniques, des presses à huile, des filatures de lin et d'impressionnants silos contenant diverses céréales apportées par les embarcations vivantes si fréquentes à Cairo.

Ces arts n'allaient pas sans inconvénients. Des champignons jaunes et lisses recouvraient les rues pavées, engeances glissantes qui aspiraient les talons de John, prêtes à le digérer avidement. Les buses des caniveaux étaient pleines de fluides fétides, certains stagnants et couverts d'une écume brune, d'autres coulant rapidement et montant au niveau du rebord épais du trottoir.

Chacun des bâtiments possédait un réservoir haut de plusieurs étages, greffé à l'édifice et plongeant des racines retombantes dans le sol afin de soutenir tout le poids d'eau de pluie qu'il contenait. La couche d'humus près du fleuve n'était jamais assez profonde pour obtenir des puits. Les averses passagères constituaient le seul approvisionnement en eau de Cairo et, comme pour rappeler à John ce détail, des gouttelettes commencèrent à se former dans la brume et à l'asperger.

Il descendit vers la zone inférieure de la ville, où les

rues étaient silencieuses, avec un petit côté désert dominical. Les symboles en fer forgé sur les bâtisses décrépites lui en apprirent la raison. C'étaient des sceaux et des monogrammes taillés à coups de maillet, remplis de toiles délicates au dessin complexe et étonnant. Les têtes de mort et les ornements nervurés à peine visibles dans les ténèbres qui tombaient permirent à John d'identifier des ouvrages mênes.

Naturellement, il fallait que la malchance veuille que la lumière de la paroi planétaire reflue à cet instant précis. La pluie faiblit et il ne resta qu'une humidité glaciale. Il leva les yeux et aperçut de l'autre côté une vaste île sablonneuse qui interrompait la paroi planétaire, de telle sorte que ce quartier de la ville était en fait constamment plus sombre. C'était pourquoi on avait décidé d'installer ici les industries mênes, dans la pénombre perpétuelle.

Il urina contre un bâtiment en songeant qu'il l'aiderait ainsi à pousser, ce qui ne l'empêcha point de se glisser pudiquement dans une ruelle latérale pour ce faire. John ne se trouvait donc pas dans la rue quand passa une équipe de femmes mênes.

Elles marchaient en titubant, ravagées par le froid, le visage jaune, les yeux perdus dans l'hébétude, et l'une d'elles aperçut John. Elle eut un large sourire, un rictus hideux, se lécha les babines et souleva sa jupe d'une main tandis que de l'index de l'autre elle faisait un geste tout en haussant les sourcils. John en fut interdit au point qu'il cessa d'uriner et resta figé sur place jusqu'à ce que la Mêne hausse les épaules et rattrape ses camarades de misère. Son cœur se remit à battre quelques instants plus tard et il remit de l'ordre dans sa tenue.

On acceptait les Mênes comme nécessaires dans les travaux de force, se répéta-t-il, mais il n'en avait pas moins le souffle court, la poitrine serrée et palpitante. Il tendit instinctivement le bras dans l'air voilé et doux ; il prononça les paroles rituelles.

Un long moment de néant. Puis il sentit l'étreinte rassurante d'une main invisible qui serrait la sienne et la secouait fermement. C'était une main calleuse d'ouvrier, usée par le travail. Il la sentait régulièrement dans les moments de détresse, depuis qu'il était gosse, depuis le jour où son père était parti dans le sang et le feu et que son monde s'était écroulé.

Cela avait commencé cette nuit-là. Mystérieusement, il savait que le royaume des esprits comprendrait ces flammes et cette fureur brûlante ; il avait donc tendu la main dans l'air rempli d'étincelles de la maison en feu et avait senti le poing robuste qui, sous sa main, s'était ouvert pour l'accueillir.

Des années plus tard, au cours d'une autre crise, il avait levé les yeux pour voir ce qui le saisissait : la main était invisible, bien qu'il pût la sentir. Mais l'air vibrait de toiles de poussières cristallines... un signe assurément. Et qui n'avait rien à voir avec les démons ou les *manas*.

La main spirituelle lui insuffla sa force. Elle lui donna une hardiesse nouvelle et il put s'engager dans une rue aux lampes à huile vacillantes pour se mettre en quête du ressusciteur.

L'homme était de grande taille et vêtu d'un costume anthracite mince comme un tuyau de poêle. Il était installé dans une salle spacieuse et travaillait à un antique bureau en pierre, occupé à gratter un parchemin. Les murs étaient tapissés de renfoncements ténébreux.

— Je cherche... euh... mon père. Je pensais que peut-être vous...

— Oui-oui, fit l'homme. La vieille histoire. Vas-y, regarde.

Cette brutalité surprit John et il lui fallut quelques instants avant de prendre conscience de ce qu'il regardait.

Des lampes à huile crasseuses projetaient une lumière jaunâtre sur les longues rangées de plans inclinés portant chacun un cadavre d'adulte. Ils n'étaient pas recouverts d'un linceul, mais avaient des vêtements de travail, certains souillés d'une couche de boue. John s'avança et scruta les visages exsangues et raides. Dans les renfoncements gisaient des bébés dans leurs blancs linceuls.

Tout ceci était naturellement entouré d'inévitables

cages en fer forgé nervuré. De pâles fluides revitalisants pénétraient par des tuyaux dans leurs narines, pompés par des cœurs séparés... muscles bulbeux, écarlates, palpitants, attachés aux côtes. Les fluides réalisaient leur lent travail à travers tout le corps, envoyant des ondes paresseuses à partir de la poitrine sifflante, en direction des entrailles épaisses et des jambes tremblantes. Une fois leur ouvrage achevé, les fluides ressortaient vert foncé par les extrémités naturelles et se répandaient par des canalisations étroites découpées dans le plancher.

Au milieu des bruits liquides d'éclaboussures, il revint jusqu'au bureau en pierre, île de luminosité dans ce silence froid et poisseux.

— Il n'est pas là.

— Cela n'a rien de surprenant. Nous les ranimons rapidement.

Les yeux profondément enfoncés dans leurs orbites ne trahissaient rien des pensées de l'homme.

— Vous avez ressuscité quelqu'un qui me ressemble ?

— Tu aurais un nom ?

John le lui donna. Le fait de prononcer le nom de son père suffit à John pour lui faire grincer les dents. L'homme étudia un registre relié en cuir et annonça :

— Non, pas dans mes registres. Dis, au fait, je me rappelle...

John agrippa le ressusciteur par les épaules.

— Quoi ?

— Lâche-moi. Lâche-moi, j'te dis !

Il recula et, quand les mains de John l'eurent lâché, il se redressa de la même façon qu'un poulet qui lisse ses plumes.

— Ah, vous, espèces d'idiots qui entrez ici comme des dingues, c'est toujours pour...

— Continuez.

Quelque chose dans la voix de John l'arrêta et le fit l'étudier pendant un long moment.

— J'essayais de me souvenir. Tu te trompes complètement, en venant le chercher sur les paillasses. Ce nom, il traîne dans la traite, quelque part.

— La traite des Mênes ?

— Je crois. Un maquignon, si ma mémoire ne me trahit pas.

John sentit sa gorge se serrer. Son père avait travaillé de temps à autre, mais il s'agissait toujours de boulots faciles à laisser tomber. Et qui étaient à la limite de ce qui était permis.

— Ça se pourrait bien.

— Il vient ici avec une équipe ou deux, environ toutes les deux semaines.

— Et d'où vient-il ?

— Il les trouve dans la campagne, à ce qu'il prétend.

— Cela concorderait.

L'homme prit sa plume d'oie et l'utilisa pour tourner les pages d'un petit volume qui contenait des annotations. John vit alors qu'il n'avait qu'un seul bras.

— Ouais, ici. Maître de Mênes patenté. Tu peux voir tout ce qu'il a récolté, ces derniers temps, si ça te dit, fit l'homme sans relever les yeux.

— Vraiment ? Et comment cela ?

— Il a un dépôt où il les héberge en attendant de disposer d'un nombre suffisant. Puis il les amène ici pour que je les revitalise.

— A quel endroit ?

— La dernière fois que j'en ai entendu parler, c'était à six ou sept pâtés de maisons d'ici.

— Dans quelle direction ?

— Annonciation et Poydras. Un gros hangar tout en longueur, avec un toit en fer-blanc.

John arpenta les rues lissées par la pluie, se perdit à deux reprises dans sa hâte et glissa sur quelque chose de visqueux qu'il se refusa à regarder. Il atteignit le bâtiment allongé comme une silhouette sortait à l'autre extrémité ; par réflexe, il recula dans la rue et observa l'homme qui se dépêchait de partir. Il entra et ne trouva que cinq Mênes sur leurs civières de transport, congelés, des amulettes de cuivre sur le visage. Un sentiment croissant de trahison lui monta dans la gorge et John parcourut les allées vides où les Mênes travaillaient durant la journée, la lumière grise oblique rendant fantomatique et menaçant le moindre des objets.

Il sut avant d'arriver au bout que le ressusciteur l'avait joué depuis le début, qu'il l'avait peut-être même reconnu. Tandis que John se frayait un chemin jusqu'ici, l'homme avait averti son père pour qu'il puisse s'enfuir.

John se rappela qu'il n'était pas plus malin, mais qu'il était plus jeune. Il courut à toute allure dans les rues brumeuses et aperçut vaguement la même silhouette... qui courait également ventre à terre, cape au vent... et il déboucha sur le marché en plein air.

Les étals étaient vides et l'homme filait parmi eux, sachant parfaitement où il devait se diriger et gagnant ainsi du terrain. John se rua à sa poursuite, mais ils tournèrent dans la rue Galvez et prirent en direction des quais. L'homme n'hésitait pas. Il descendit un escalier donnant sur le fleuve et bondit dans une yole amarrée à cet endroit précis. C'était une embarcation aux formes bizarres et l'homme s'activait frénétiquement pour la faire démarrer.

John entendit les moteurs crachoter, puis gronder au moment où il se lançait dans un dernier sprint ; la yole s'écarta brutalement du quai avant qu'il ait pu atteindre l'escalier.

Elle remonta le courant en grognant et John vit avec un goût amer dans la bouche ce que l'embarcation possédait en son milieu qui lui donnait sa forme étrange : des bobines à induction.

L'homme ne regarda même pas en arrière.

11. LE PASSÉ N'EST QUE LABYRINTHE

Les trois notes suaves et caverneuses de la cloche flottèrent sur la surface sublime du fleuve et revinrent quelques instants plus tard, aiguës et raccourcies.

— Ça veut dire qu'on se rapproche des arcs, annonça M. Preston.

John étrécit les yeux, sondant les ténèbres devant eux.

— Je ne vois strictement rien.

— Les notes de la cloche sont écrasées par le vent temporel, puis elles rebondissent pour revenir vers nous. C'est parfois un meilleur guide que la vision même des arcs. Ils tordent la lumière, te donnent des images spaghetti.

John aurait préféré regarder les courbes traîtres d'eau écumante dressée, car il en avait vu une réduire une barge en morceaux durant son voyage vers l'aval. Un silence profond régnait sur le fleuve. Il éprouvait un sentiment envahissant d'isolement, loin du tohu-bohu de Cairo, bien qu'ils ne fussent qu'à quelques heures en amont.

A tribord, il distinguait les murs solides de la forêt noire qui s'adoucissaient dans les gris. M. Preston fit encore tinter la cloche et les échos aigus leur revinrent, plus rapides, plus nets, cette fois-ci.

Le fleuve sembla alors s'ouvrir, révélant d'abord les pieds écumeux, puis la merveilleuse courbe imposante des arcs eux-mêmes. En silence, ils bouillonnaient à leurs pieds, envoyant des ondes témoignant de leur force. Pourtant, quand le *Natchez* s'avança en cabotant contre la rive opposée, l'eau était lisse comme un miroir, le mercure brisant la surface au milieu du fleuve et lançant dans l'air d'une tranquillité inquiétante des pavillons spectraux de brume étincelante.

Cette quiétude se fracassa. Un mur de tonnerre secoua les fenêtres en verre du kiosque de timonerie.

— Bigre ! lâcha M. Preston en mettant les gaz.

Les moteurs à induction envoyèrent un choc à travers toutes les membrures.

— Ça ressemble à ce que vous aviez vu en passant ?

M. Preston ne détachait pas le regard des arcs, dont les scintillements étaient désormais rose et bleu.

— Oui, m'sieur, à part que le gros, il avait un pied plus large.

— Vous êtes passé à travers ça ?

— Non, m'sieur, je suis resté à proximité de cette barre de sable.

— Et vous avez eu rudement raison.

En fait, John n'avait eu aucun choix, étant donné les forces en action, mais il resta coi. Le pont eut un sursaut, retomba, gémit.

— Un tourbillon qui remonte la rive pour doubler cette pointe, annonça M. Preston, trahissant malgré lui une partie de son excitation. On pourra peut-être passer sans avoir besoin de se peigner ensuite.

Ils frôlèrent la rive si près que des branches se brisèrent contre les cheminées. La brume brassait l'air rosi et des roulements de tambours assourdis traversaient les bottes de John.

— Attention au choc ! lança M. Preston, comme si quelqu'un pouvait être pris par surprise.

Ce fut le choc.

Le *Natchez* heurta le tourbillon en plongeant près de la pointe. Il s'étendait sur toute la largeur du fleuve, à présent, énorme bouche de mercure et de brome bouillonnant ensemble, le brun et l'argent formant des courbes rayées. Le navire tourna, songea John tandis que son estomac se soulevait, comme sa toupie préférée que lui avait donnée sa mère, dotée d'une mystérieuse capacité à rester droite tant qu'elle tournoyait.

Ce souvenir abstrait ne dura qu'un instant ; l'eau s'écrasa alors contre le kiosque de timonerie et brisa la fenêtre arrière. Le bateau fit une embardée à bâbord. Les forces temporelles sciaient les membrures qui gémissaient. Un tourbillon se saisit de lui et écrasa l'une de ses cheminées en un pathétique tas de fer-blanc. Le choc frappa les deux oreilles de John en même temps et fit tinter sa tête. Des éclairs d'irradiation couleur de rubis bifurquaient hors du fleuve et caressaient les ponts supérieurs. Des cris. Des hurlements.

A contre-courant, puis dans le même sens que lui, le *Natchez* se libéra de la tornade hurlante. En quelques instants ils se retrouvèrent projetés contre la forêt sur le méandre suivant. D'habitude, ceci eût constitué une source d'embarras pour le pilote, mais, comme il s'était agi de franchir les arcs à rebrousse-temps, c'était une délivrance, un point marqué, comme un maigre pourboire après un banquet.

Dans la tranquillité qui s'ensuivit, ils remontèrent régulièrement le courant et John surveilla la rive, cherchant des signes qu'il se rappelait, mais surtout pour trouver la yole qui portait le personnage vêtu de noir.

Il n'en avait parlé à personne, mais M. Preston lui lançait de temps à autre des regards étudiés. Stan, après avoir obligatoirement raillé John pour sa fuite devant les femmes de petite vertu, ne cessait de le harceler au sujet des chapeaux d'hydrogène. John passait donc de longues heures à feindre de sonder d'un œil atone la forêt dense et vierge qui passait à côté d'eux.

Pour lui, cette richesse était bien plus vaste qu'en aval, plus épaisse et mystérieuse au-delà de toute expression. Il n'avait ni l'esprit ni l'âge suffisants pour la savourer totalement ; le goût vient avec l'âge, qui en est peut-être l'unique récompense, bien que certains disent qu'il s'agit là de sagesse.

Il contemplait les gigantesques chaînes inexorables de causes et d'effets sur le fleuve... des forces qui, bien que fugaces dans cette odorante richesse naturelle, étayaient en fait tous les panoramas éblouissants, les domaines d'une portée éthérée et les mécanismes infinitésimaux de bois et de feuilles. Les jeunes doivent se frayer un chemin dans un monde qui est un énorme puzzle, aussi surveillait-il attentivement les teintes changeantes, étudiant assidu du fluide éternel, sachant que le fleuve argenté pouvait soudain se mettre à écumer pour l'engloutir, ou au contraire le soulever dans un geyser de mousse... événements certes magnifiques, mais qui le tueraient malgré tout.

John continuait de donner à M. Preston des conseils judicieux sur les récifs et les barres. Il inspectait les hectares de radeaux de bois qui passaient, grandes plates-formes pâles derrière lesquelles pouvait se dissimuler la yole. Il en allait de même pour la moindre barge d'une certaine taille et les gabares de commerce qui allaient d'une ferme à l'autre, la famille du colporteur accrochant la lessive sur le pont et les gosses lançant des saluts. Aussi, quand Stan, debout sur le pont des passagers, se mit à crier : « Là-bas ! Ça doit être ça ! Ça doit être ça ! », John fut profondément irrité d'être ainsi détourné de son travail.

Stan se précipita à l'arrière et ramena à la perche quelques débris flottants qu'il eut la témérité de rapporter jusqu'au kiosque de timonerie.

M. Preston fronça les sourcils et parut sur le point de se mordre la moustache devant l'intrusion de ce simple matelot, mais avant que John ait pu chasser Stan il avisa l'objet gris semblable à une fleur que portait Stan.

— C'est un chapeau ! Un authentique chapeau ! bégaya Stan. De l'hydrogène pur... et il vaut un paquet à lui tout seul, je parie... et regardez-moi tout ça !

Stan montrait fièrement des broches et des agrafes montées sur l'objet gris métallique qui, à l'immense surprise de John, ressemblait effectivement à un chapeau. Il était presque impondérable et pourtant très dur, et les joyaux brillaient d'une lumière intérieure.

— Je vais te dire aussi quelque chose, John : je ne t'oublierai pas, annonça Stan. Je partagerai le produit de ma vente avec toi, oui, m'sieur.

— Euh ? bien sûr.

Le visage furibond de M. Preston s'était radouci tandis qu'il étudiait le chapeau.

— Jamais rien vu de tel. Mais de quel lieu en amont dites-vous donc être originaire ?

Il scruta le visage de John.

— Plus loin encore fut tout ce que put répondre John, car c'était la vérité, mais la rive lui semblait déjà bizarre et déformée, comme si sa mémoire se repliait.

Ce n'était rien par rapport à la consternation qu'il éprouvait, mais il n'en pouvait rien dire, car l'histoire des chapeaux avait été totalement inventée... et pourtant il avait à présent devant les yeux un authentique chapeau d'hydrogène décoré de joyaux qui valait la solde de plusieurs mois.

Son ébahissement fut assez rapidement balayé par les exigences tortueuses du fleuve. Sous les ordres de M. Preston, il commençait à considérer la surface d'eau mariée au métal comme un livre merveilleux, écrit dans ce qui était pour lui une langue morte mais qui décrivait à présent de précieux secrets. Toutes les pointes qu'ils dépassaient racontaient un conte nouveau. Aucune page n'était vierge. Un passager pouvait être charmé par une fossette d'écume, mais pour un véritable batelier c'était un cri en italique, annonciateur d'une épave ou d'un récif, vortex féroce d'espace-temps sur le point de traverser la croûte inférieure de la paroi planétaire.

Les passagers poussaient des *ooohh !* et des *aahhh !* devant les jolies images que leur peignait le fleuve argenté sans lire un seul mot du texte ténébreux qu'il constituait réellement. Une souche solitaire flottant devant la proue risquait d'être une bête à la mâchoire beante désireuse de se régaler de la délicate coque en bois. Des cercles bouillonnants indiquaient un tourbillon qui pouvait fort bien dévorer tout un disque à induction.

M. Preston réfléchissait parfois à voix haute tandis qu'ils dépassaient une pointe et contemplaient un paysage nouveau.

— Cette marque brune en biais... qu'en pensez-vous ? Je dirais que c'est une barre de métal écrasé, en train de se dissoudre dans le courant de brome. Vous voyez cet endroit tout lisse ? Il remonte et ce sera encore pire quand on redescendra. Le fleuve est en train de pêcher des bateaux à induction à cet endroit précis, notez-le bien.

Mais en général M. Preston posait des questions à John, car le fleuve se déchirait perpétuellement, dansait sur ses propres berges, se gaussait du souvenir. Ils virent qu'un fermier avait planté des piliers pour retenir son terrain ; il avait même installé dessus une palissade improvisée, mais le courant folâtre avait simplement dépouillé, soulevé et enjambé ses liens, brisé ses menottes ; et le flot sans loi, apparemment enragé par cette folle tentative, l'avait dépouillé de tous ses biens terrestres.

M. Preston fit monter à bord un « homme à mémoire » du secteur pour les aider à négocier une série d'oscillations propres à leur tordre le cou ; l'homme avait tous les symptômes d'une maladie dont John avait entendu parler sans jamais la rencontrer. Se rappeler toute chose signifiait que tous les événements étaient de même importance.

Le petit homme trapu était assis dans le kiosque de timonerie et les guida assez bien pour franchir les deux premiers méandres, dotés d'une profusion de récifs et de souches invisibles, mais au troisième il se mit à raconter l'histoire de l'arbre en forme de dent qui était tombé de l'autre côté, ce qui les avait empêchés d'utiliser la passe qui se trouvait là-bas ; puis il enchaîna avec le célèbre été bouillonnant qui avait brûlé cet arbre ; puis ce fut une narration détaillée des efforts du fermier Finn, qui avait sauvé sa récolte en construisant une dérivation du fleuve ; puis il raconta l'histoire de la femme de Finn, qui s'était enfuie avec un prêcheur, dont on avait découvert par la suite que ce n'était pas un prêcheur, mais un bandit échappé d'une geôle du temps d'amont ; ce qui fit penser à l'homme à mémoire que les lois devaient être déformées ici afin de s'accorder avec le passage en amont et en aval des parents, des femmes et des maris ; ce qui le lança dans le scandale de la dame en robe rouge qui avait accepté les invitations de tous les hommes au même bal, avait relevé ses jupes pour chacun d'eux à tour de rôle contre le mur en plein jour ; à partir de là, il n'y avait qu'un pas à franchir pour aborder une discussion de toutes les danses qu'avait apprises l'homme à mémoire (puisqu'il apprenait rien qu'en regardant), avec démonstration en prime, de telle sorte que M. Preston dut ramener l'attention du gaillard sur le fleuve qui tournait avant qu'il ne les échoue contre un récif d'aluminium.

Mais au bout de quelques minutes l'homme à mémoire sombrait à nouveau dans d'ennuyeuses ratiocinations sur tout ce qui se présentait devant son esprit panoramique. M. Preston supporta cela durant les allées et venues de ces méandres, puis il déposa l'homme à terre après lui avoir réglé tout ce qui lui était dû. L'individu ne parut nullement perturbé et continua à déblatérer sur les grands accidents du passé, les endroits où habitaient les survivants et ce qu'ils étaient devenus.

John enviait l'homme en silence, car il connaissait parfaitement cette brève portion de fleuve, alors que la mémoire de John le trahissait à présent à chaque nouveau tournant. Des îles et des barres surgissaient de l'eau là où rien ne se trouvait auparavant, selon son esprit. Le fleuve se perdait dans des lits secondaires et avait apparemment coupé des promontoires pour se forger de nouvelles entrées, repoussant des coteaux monumentaux et faisant fi de toutes les mésententes possibles avec la souple et spongieuse forêt.

— Cela ressemble bien à un méandre en fer à cheval. Vous en souvenez-vous ? demandait M. Preston.

John sondait les spectres brumeux qui enveloppaient le fleuve et secouait la tête.

Ils finirent par aborder parce qu'un passager croyait habiter à proximité mais, n'arrivant pas à retrouver de point de repère, il voulait tenter sa chance tout seul. John débarqua et traversa ronces et bancs de sable au niveau de l'étranglement pour arriver de l'autre côté avant le *Natchez*.

Ces ramifications et ces passes étaient naturellement situées dans son passé ; pourtant, malgré leur solidité actuelle, elles s'étaient dotées de nouvelles formes, de bizarreries de croissance, voire de manoirs entiers avec leurs portiques. Lentement, John comprit que rien de tout ceci ne surprenait M. Preston.

— Chaque fois que nous remontons en temps d'amont, les choses ont changé, dit M. Preston en tordant un cure-dent dans sa bouche en unique signe d'agitation.

— Feu d'enfer ! fit John, un nouveau juron qu'il avait adopté avec enthousiasme. A quoi sert donc un homme à mémoire ?

— Cela vaut mieux que rien.

Ils n'étaient pas loin d'épuiser tout leur tirant d'eau dans ce chenal, une curieuse tornade ayant tout absorbé dans les nuages. La coque racla le fond, puis se libéra et resta coincée, de sorte que M. Preston fut forcé de donner toute la puissance des moteurs à induction, les arrachant au lit de paroi planétaire du fleuve par pure férocité magnétique.

— Pour sûr, continua John. Mais pourquoi m'avoir engagé comme guide ?

— Votre connaissance est assurément plus fraîche que tout ce que j'ai pu trouver. Et vous êtes encore assez jeune, vous ne vous imaginez pas tout savoir.

Ils allaient lentement, le pont vibrant, chevauchant des coussins magnétiques que John se représentait comme des bobines d'acier en grappe. M. Preston lui expliqua qu'il ne se trompait guère, mais qu'il était impossible de sentir ou de voir les fils. C'était plutôt une sorte de lutte d'esprits en acier.

— Une marée temporelle vient parfois creuser un chenal à travers un isthme, continua M. Preston. J'ai vu cela, un jour que je descendais en aval, et il n'était pas plus large qu'un sentier. Un feu jaune qui miroitait, sinuait et claquait. Or, de magnifiques propriétés avaient été bâties le long de cette berge. Mais à l'intérieur des terres se trouvait une vieille ferme sans valeur. Quand je suis remonté en temps d'amont sur le vieux *Reuben,* le petit tortillon temporel avait fini par découper un véritable lit. Et détourné le fleuve entier. Il lâchait encore des étincelles écarlates. La vieille ferme était désormais sur le fleuve, terre de premier choix, sa valeur décuplée. Les autres propriétés avaient été repoussées à l'intérieur des terres. Aucun bateau ne pouvait plus les atteindre.

— Coup de chance.

M. Preston eut un large sourire.

— Vraiment ? Des tas de gens se sont mis en colère, ont accusé la famille qui possédait la vieille ferme d'avoir déclenché cette ride temporelle.

— Comment y seraient-ils parvenus ?

— Qui sait ? Existe-t-il un moyen de le deviner ? Le passé est un labyrinthe, pour sûr. Un coup par ici, une poussée par là ? Quiconque est au courant ne va pas aller s'en vanter.

12. LA TROMBE

Quant à lui, John se sentait perdu dans un labyrinthe dense et impénétrable de voies navigables. Remonter le courant à rebrousse-temps réfractait l'air lui-même.

La majestueuse étendue rayée de boue avait paru lisse et sereine quand il l'avait descendue avec insouciance dans sa yole. A présent, sur le rivage, on trouvait des fondrières, des cannaies et même de grandes plantations, les imposantes demeures affichant leurs magnifiques colonnes d'ivoire. Il levait souvent les yeux sur le monde au-dessus de lui, les territoires de mystère brumeux. Un onde passa, ployant toute la paroi planétaire, et John eut soudain l'impression qu'ils vivaient tous dans les entrailles d'une bête immense, créature inconnaissable qui infligeait aux simples humains les pires calamités rien qu'en soulageant ses boyaux.

La trombe arriva sur eux à l'improviste. Elle surgit d'un chenal de brome, s'enroulant comme un serpent bleu-vert dans l'air qui vibrait. Un coup de tonnerre retentit dans le kiosque de timonerie et enfonça deux des fenêtres.

John vit tout cela du pont central où il aidait Stan et deux mariniers à écoper. La fenêtre en verre décoré se fracassa mais ne toucha pas M. Preston au visage, de telle sorte que, quand John arriva, le pilote faisait déjà tourner le *Natchez,* l'arrachant au nuage qui gonflait.

La trombe s'élevait, des vrilles s'en détachant pour fendre le ciel en éclairs jaunes fourchus. John la vit hésiter à son apogée, comme avant de plonger à travers les airs pour se ficher dans la paroi de forêt loin au-dessus de leur tête. Puis elle se secoua, saisie d'une vigueur de nouveau-né, et elle se rua vers le fleuve.

Le fleuve argenté semblait impatient de connaître cette union, car il s'éleva dans une suceuse ardeur et embrassa la colonne qui descendait. Aussitôt, un bouillonnement d'eau boueuse et une brume de métal montèrent dans la trombe temporelle, inscrivant un grand *U* inversé qui lâcha des bulles, de l'écume et de la vapeur parmi les coups de tonnerre encore plus aigus.

— Foutre ! s'exclama M. Preston. Cela va nous bloquer, c'est sûr.

John était accroché à une épontille.

— Est-ce qu'on ne peut pas filer...

— Son flux nous réduirait en poudre.

Une rafale cinglante fouetta le *Natchez*.

— Vous pensez que ça va durer longtemps ?

— Vous voulez parier que ça va être une grosse ?

Le *Natchez* s'éloignait régulièrement de la trombe qui tournoyait et traînait ses pieds liquides sur la peau du fleuve. La boue et les rondins qu'elle avait aspirés roulaient et semblaient s'agglomérer. Au milieu de ce qui ressemblait à une vague aquatique, John aperçut un tronc qui explosait en une flamme orange. Il tourna au ralenti, émettant une fumée noire, et s'abattit brutalement sur le fleuve.

Ils avisèrent alors la yole. Elle était de l'autre côté du fleuve, probablement dissimulée parmi les saules pleureurs. Elle en sortit quand la trombe se mit à les attaquer et John vit une silhouette sombre à la barre.

— Attendez ! Restez un peu, qu'on voie si...

— La ferme, gamin. Nous descendons vers le temps d'aval.

Même le capitaine ne pouvait s'opposer à la décision d'un pilote de changer de sens pour raison de sécurité. John resta figé tandis que la yole traversait le fleuve. Puis il cessa de réfléchir et se contenta de courir, dans l'escalier en fer, dans une coursive en pin, puis il se retrouva dans l'eau, battant des bras désespérément, pour finir par se diriger vers la berge. Stan criait derrière lui, mais il ne se retourna pas. La rive était très proche et non loin de l'endroit où la yole allait aborder, à son avis. Mais il entendit alors un grondement sifflant, comme un géant qui reprend son souffle, et une bouche en cheminée se mit à glisser sur les eaux argentées et ondoyantes. Elle se rua dans un train d'enfer malveillant sur le *Natchez* et le souleva, allongeant les ponts comme un élastique que l'on finit par faire claquer... le temps se fracturant avec un borborygme roulant. Un mousse sauta par-dessus bord et son corps se tendit en une maigreur translucide.

Le *Natchez* se ratatina, se tordit et obéit à l'appel des forces de gauchissement. Il s'envola à toute allure dans la bouche de la trombe. Les flux de marée l'étirèrent et le dévastèrent, puis il disparut dans un ultime éclair de perles éclatantes. Cette lumière brûla le visage de John.

John n'eut pas le temps de réfléchir ni de se lamenter. La bouche tourna, crépita, sinua et se précipita vers lui. Il eut à peine le temps de déglutir pour reprendre son souffle. Une brûlante mousse orange le submergea. Les jambes, les bras... s'étirèrent involontairement, comme si un dieu jouait avec ses ficelles... et pourtant il ne pesait plus rien. Il savait qu'il devait être en train de monter dans la trombe, mais il sentait le vide étripant d'une chute infinie. Il se débattit pour ne pas se remplir les poumons tandis que la mousse se déposait sur sa peau, lui infestait le nez, lui soulevait les paupières. *Ne respire pas !* Voilà tout ce à quoi il était capable de penser en se préparant à l'impact temporellement compressé que ses instincts lui disaient devoir attendre à la fin de cette chute qui ne s'arrêtait pas.

Il atterrit brutalement. Il remonta comme un bouchon à la surface. Il battit des membres, haleta. Il ignora les eaux infestées de vagues. Il se dirigea vers la rive et s'affala dessus.

13. LA POURSUITE

Il retrouva la yole en amont, rangée dans les taillis. Elle était dissimulée exactement de la même manière que l'avait été la sienne et cela le fit sourire sans l'amuser.

Une poussière temporelle douceâtre soufflait très haut au-dessus du fleuve et il ne restait plus un signe de la trombe. Ni du *Natchez*.

John suivit les traces de bottes qui s'éloignaient de l'embarcation. Elles conduisaient vers l'intérieur : il n'avait donc pas à lutter contre la pression temporelle. Ses vêtements séchèrent tandis qu'il marchait sous une plaque miroitante et provocante de paroi planétaire couleur or brûlé accrochée derrière les nuages tourbillonnants.

La forêt luxuriante se délitait en savane désertique. Il se rendit compte que son père risquait de le prendre à revers, aussi revint-il sur ses pas pour effacer toute trace de son passage à partir du fleuve et jusqu'à la pierraille. Il évitait la végétation autant que possible et se glissait parmi les buissons de manière à ne pas briser de tiges. Cela était crucial, car une tige brisée ne peut être réparée sans découpe précautionneuse, ce qui n'empêche nullement un expert de noter ce signe. Laisser aussi des tiges ou des branches pointées dans la direction d'où l'on vient est également dangereux. Il maquilla un buisson et un arbre endommagés pour qu'ils donnent l'impression d'avoir été mordus et grattés par un animal. La ruse impliquait la sécurité.

Il souffrait d'une migraine mystérieuse qui s'insinuait jusqu'à ses yeux. Tant d'événements s'étaient déroulés qu'il l'écarta, oubliant M. Preston ou Stan, continuant d'avancer avec opiniâtreté. L'air était de plus en plus sec et une créature dotée de dents et d'ailes immenses tournoya au-dessus de lui en calculant ce qu'elle allait pouvoir faire de lui. Il lui lança un caillou.

En se rappelant de quelle façon il avait été menacé par l'homme à l'espingole, il aurait bien aimé trouver un arbre-tromblon. Mais une grosse branche à terre lui permit de se fabriquer une massue en arrachant l'écorce.

Les traces de bottes étaient régulières, aucun talon enfoncé ne révélant la moindre hâte. Il avait grandi bien en amont de ce lieu, mais il connaissait mieux la nature des espaces libres que celle des riches terres fluviales, aussi laissa-t-il ses sens flotter en avant. Il leva brutalement le bras, et la main était là, serrant la sienne avec une calme assurance.

En ce lieu, tout fuyait devant ses pas. Les lézards décampaient dans la roche fendue la plus proche. Les cailles biplanes étaient tapies dans l'ombre dans l'espoir qu'on les prenne pour des pierres, mais elles perdaient courage au dernier moment et se transformaient en oiseaux qui battaient frénétiquement des ailes. Les serpents s'évaporaient, les colombes roucoulaient en montant vers le ciel, les lapins s'enfuyaient à tire de patte dans une chaleur mortelle. Le renard, le minuscule cor des montagnes, le coyote se fondaient dans la légende, ne laissant que des traces et des fumées. Le cœur du désert était fait de sable pâle, champ dont le vide révélait çà et là la vie telle qu'elle était : conjurée hors du néant et destinée à le rejoindre. Les plantes du désert étaient exilées les unes par rapport aux autres, serrant leurs cercles de collection d'eau réalisés en silence sous le sable grâce à leurs racines opiniâtres. Le vide était la vie. Il avait appris à réfléchir de la sorte depuis que son père avait quitté la maison en flammes.

Il sentit une odeur fétide et pestilentielle et sut immédiatement qu'elle attirerait son père. Une éminence... il en fit le tour en se guidant à l'odorat. Mais, quand il baissa les yeux dans le champ semblable à un bol, il n'aperçut que des cadavres. Il s'aventura en terrain découvert. Des hommes en armures se putréfiaient, le visage boursouflé, les lèvres gonflées. La plupart étaient dépecés, comme s'ils avaient donné naissance à leurs propres entrailles.

Ce dégorgement de gens ou de matière issus d'époques ou de lieux que nul ne connaissait était parfois l'œuvre des trombes temporelles. Ce que les bateaux à induction accomplissaient en remontant péniblement le courant du temps, une chiquenaude de l'espace-temps pouvait le réaliser en un instant. Il arrivait qu'une telle charogne puisse être récupérée pour la traite des Mênes.

John se retourna pour se fondre à nouveau dans la broussaille et c'est là qu'il le retrouva.

Le visage... angulaire, les yeux enfoncés dans leurs orbites, la coupure familière sur la mâchoire et la bouche tombante. John le compara avec la dernière image nette, le portrait encadré par l'incendie, porté par son esprit depuis douze immémoriales années, étudié chaque jour. Oui. Il en était sûr. C'était son père.

— Que veux-tu ?

La voix était grave, tendue.

— Justice.

— Qui es-tu ?

Les yeux affichaient une peur fugace.

— Tu me connais.

— Par ici ? J'sais même plus c'que je connais. Rien n'est régulier. Tu m'as repoussé loin en temps d'amont. Tu as fait exploser le bateau à induction. J'sais même pas quel est ce foutu endroit. Je...

— Tu t'es enfui de la maison.

— Quoi ? (Le visage se déforma brutalement comme si des souvenirs sombres et dévorants s'appuyaient dessus. Puis il se détendit.) Par les feux de l'enfer ! Tu parles de cette époque lointaine ?

— Tu sais qui je suis. Elle est morte là-bas dedans.

Un long silence. L'homme l'étudiait comme s'il cherchait une faille, un avantage. A moins qu'il ne l'eût reconnu.

— Oui. Oui. Mais tout cela est passé. Écoute, la famille était terminée.

— Elle le sera quand j'aurai fait ceci.

L'homme plissa les yeux quand les nuages s'écartèrent et un éclat doré descendit. John sentit son incertitude et sut que le moment était venu : il s'avança rapidement sans plus réfléchir. Il y avait plus d'une décennie qu'il réfléchissait et cela lui suffisait.

Le visage de l'homme broncha en le reconnaissant soudain et sa bouche ébaucha un cri que John ne devait jamais entendre. Il leva la main et, à la surprise de John, elle ne portait pas d'arme. John n'hésita qu'un instant. Il haussa et abaissa la branche comme s'il s'agissait d'une massue, une fois, deux fois, trois... et la tête de l'homme s'ouvrit comme un œuf. Sans mot dire.

14. LE LUPANAR

Il se redressa de son sommeil flou et inspira l'air humide et collant, les relents d'une chambre continuellement parfumée. Un noir absolu, détail inhabituel. Un long moment il ne put se rappeler que la trombe temporelle, le *Natchez,* puis tout le reste lui revint.

Il lui avait fallu une journée de travail pour fabriquer un radeau à partir des arbres abattus sur la berge... héritage d'une trombe, sans doute... qu'il avait fermement ligaturés. Il était resté allongé des jours et des jours sur le radeau, souffrant d'une fatigue qu'il était incapable d'expliquer. Il avait mis les vêtements de l'homme en boule et les utilisait comme oreiller, mais il ne pouvait les considérer comme autre chose. La pêche était mauvaise et il était maigre comme un squelette quand il aperçut les arcs au-dessus de Cairo. Il se propulsa sagement vers le rivage, juste à temps pour échapper au courant accéléré par la présence des récifs. Puis il passa deux jours à marcher vers l'aval, la pression temporelle lui donnant des haut-le-cœur. Il en était réduit à manger des feuilles quand il aperçut les lointaines flèches d'églises de Cairo.

Il lui avait été difficile de trouver du travail, mais, une fois le ventre plein, il s'y était remis et avait fait les deux huit comme docker, dormant et mangeant le reste du temps sans beaucoup réfléchir. Il avait économisé et, au bout de trois semaines, il avait pu aboutir ici.

Il s'assit et caressa le corps de la femme. Elle était plus

belle dans la nuit qu'à la lumière du jour, tout satin et corset noir, porte-jarretelles et bas qui rendaient la chair crémeuse au point de paraître presque putride. Mais il avait été attiré vers elle dans la grande salle de réception du rez-de-chaussée. Elle était appuyée sur le piano droit et le considérait de son regard rusé et primitif. Il avait refusé de boire ou toute autre distraction normalement réservée aux visiteurs, et il avait voulu monter et payer un supplément pour avoir droit à toute la nuit. Il fallait que la première fois soit un véritable événement.

Ç'avait bien été le cas. C'était comme de se faire saisir par une immense créature qui vivait en soi depuis toujours sans qu'on le sache et qui, une fois lâchée, refusait de rentrer.

Il se dégagea de la couette pesante et alluma une vieille lampe à huile en cuivre. La femme dormait bruyamment, la tête en arrière et la bouche ouverte, révélant deux dents manquantes entre lesquelles sifflaient ses soupirs moites. Une pulsion bizarrement pressante le conduisit à prendre son sac à dos dépenaillé et à délacer son compartiment secret. C'était là qu'il rangeait ses objets les plus précieux depuis son départ de Cairo, par un sentiment d'insécurité généralisé. Il travaillait habituellement avec son sac sur le dos, ayant même peur de le mettre de côté.

Les papiers étaient toujours là. Leur épaisseur officielle rassurante lui procura un certain plaisir. Malgré le maculage dû à l'immersion de John dans le fleuve, l'écriture épaisse de M. Preston sur son contrat d'engagement à bord du *Natchez* se détachait, bleu roi sous la lueur oscillante et glauque de la lampe.

On disait que le *Natchez* n'était pas revenu de son voyage en temps d'amont... pas encore, du moins. Cairo était située si près des grands arcs d'orage temporel que ses habitants parlaient toujours au conditionnel, concluant leurs affirmations concernant les événements par *jusqu'à présent,* ou *semble-t-il,* ou *ce tantôt,* ou encore *on verra bien.*

John feuilleta les pages de ses papiers de marine en se délectant de leur solidité. La veille, il revenait des parcs à matériaux après avoir travaillé comme haleur quand il était tombé sur Stan sur un trottoir en planches. Du moins ce jeune homme ressemblait-il à Stan, avec ses cheveux couleur sable et cette espèce de regard distrait. Mais il avait fixé John sans la moindre expression et avait nié être monté à bord du *Natchez*, avoir été en temps d'amont et le reste. Quand il avait commencé à lui raconter ce qui s'était passé, le jeune homme lui avait répondu avec irritation :

— Eh ben, t'aurais pas dû y aller !

Puis il l'avait écarté pour reprendre son chemin.

John rangea ses papiers et palpa aussi au fond de sa poche la liasse de documents qu'il avait pris à son père. Sans doute était-il temps d'y jeter un coup d'œil, songea-t-il. Dès que l'homme avait déversé son sang sur le sable, John avait éprouvé une décharge totale et absolue de tout ce qu'il avait subi pendant plus d'une décennie, et il avait pris sur la dépouille les papiers et la ceinture en cuir.

C'était peu de chose, surtout des reçus et des babioles. Mais le carnet de compte de l'association des Pilotes était une tout autre affaire, bien épais, et très significatif. Les colonnes bien droites révélaient les cotisations payées en temps voulu, attestées par le paraphe du secrétaire. John l'ouvrit à la première page et découvrit brutalement que le nom qui était inscrit là n'était pas celui de son père, mais le sien.

Le choc le raidit tandis que le nom lui-même, encre noire tracée d'une main ferme... écriture laborieuse mais irréfutable... oscillait, menaçante, dans son regard. La solidité de la chose rappela les souvenirs vifs de ce visage dans le désert, traits ridés et apeurés, mais à présent totalement familiers, quoi qu'il en fût.

La femme remua et bâilla, ouvrit ses grands yeux. Elle sourit lentement à l'homme immobile qui tenait des bouts de papier et fixait le néant. Avec un sourire charnu aussi antique que le temps, elle annonça d'une voix langoureuse :

— Il nous reste encore à prendre du bon temps, chéri. Une belle tranche. Chéri ? Qu'est-ce que tu cherches à attraper en l'air ? Chéri ?

(Down the River Road)

SOMMAIRE

Achevé d'imprimer en juin 1993
sur les presses de l'Imprimerie Bussière
à Saint-Amand (Cher)

PRESSES POCKET - 12, avenue d'Italie - 75627 Paris Cedex 13
Tél. : 44-16-05-00

— N° d'imp. : 1534. —
Dépôt légal : juin 1993.

Imprimé en France